中国专业作家

纪实文学典藏文库

中国专业作家
纪实文学典藏文库

孤独的天空

中国航空之父的传奇人生

郭晓晔 著

中国文史出版社

1912—2012

中国航空之父冯如殉国 100 年祭

一个人确立理想，实际上是确立一种人生的动力。因此，一个人的理想与民族和国家的相关性越大，他成功的可能性也就越大。因为在实现个体价值的奋斗历程中，他有可能充分调取民族和国家的精神资源和情感资源，这是任何一个个体的生命潜能所远远不可比的。

——作者题记

目　录

引　子

在珠海航展上，华凌强驾驶国产歼－10战机，刚一离地即加力垂直跃升，连轴横滚，忽又一个筋斗尖啸而下，随之像海豚那样直立着以小速度优雅通场，整个动作一气呵成，干净利落，博得中外观众惊叹叫绝。

表演结束后，华凌强出席了新闻发布会。

一位西方记者问他，去年底，中国空军高层在央视透露，说中国第五代战机即将首飞，请问您是否会担任首飞任务？

华凌强说，我很想得到这份殊荣。

这位功勋试飞员块头不大，却两眼灼亮，精力旺盛，整个人看上去要胀出一圈。

记者又问，这是否意味着中国在加快提升空中战力的步伐？

可以这么讲。华凌强说，发生在世纪之交的科索沃战争、阿富汗战争和伊拉克战争，都清楚表明，空中力量已经成为主导战争胜负的决定性力量。在逼人的挑战面前，中国理应迎头而上。

然而，这一消息引起了广泛的质疑，认为中国在短期内难有如此大的进步，您对此怎么看？记者又追问道。

这个问题不该问我，但我很愿意做出自己的回答。沉吟片刻，华凌强说，由于历史的原因，我们曾经落后，但是请不要怀疑中国人的想象力、勇气和决心，当古希腊和古罗马的众神长出翅膀或驾着飞车飞上天空的时候，中国周朝的周穆王已经乘坐黄金飞车去瑶池拜访过西王母。我还要说的是，一百年前，在美国的莱特兄弟造出飞机五年后，中国人冯如就驾着自己设计制造的飞机实现了首飞。去年，2009年，洛杉矶邮政总局还特别发行了"冯如首次试飞100周年"纪念邮戳。我坚信，经过艰苦的努力，中国一定能实现自己强军强国的梦想！

听了华凌强的回答，西方记者微笑着点头鼓掌。

全场随之爆发热烈的掌声。

参加完珠海航展第二天，华凌强绕道广州，来到白云山南麓的黄花岗烈士陵园。

华凌强在七十二烈士墓前站立片刻，便拐上右边的甬道，径直走到右侧的一座碑塔前。

这是一座四面镌字的碑塔。正面篆刻着一行大字："中国始创飞行大家冯君如之墓"，背面篆刻着临时大总统的命令："从优照少将阵亡例给恤，并将事实宣付国史馆。"

左右两面碑刻为中国第一飞行家冯如的墓志铭。

华凌强从塔碑左面看到右面，把墓志铭细细看了一遍。

冯君如，号鼎三，恩平人，民国之第一飞行家。纪元八月二十五日死，葬黄花岗七十二烈士墓左，从其志也。

冯君有兄四，均早死。十二岁时游于美，习机器，学于纽

2

约工厂十年。业既毕，慨然曰："是岂足以救国者，吾闻军用利器，莫飞机若，誓必身为之倡，成一绝艺以归飨祖国，苟无成，毋宁死！"华侨壮其言，助之赀。一年机成，试演于哥林打市之麦园，蹶者再，志不少馁。及纪元前二年，复成一新式机，其飞行达七百余尺。中山先生见之，欣然曰："吾国大有人矣！"自是美人欲聘为教师，张元济欲介绍于粤督，而均不为用，以非君志也。前一年自美归，将以绝艺飨吾祖国。适温烈士乘西人演飞机之便，刺孚琦死。君之机又不果演。惟君十余年之大志则大遂。迨夫民国甫造，则以虏巢未覆，亟思编飞机为北伐侦察队。同志既集，而南北统一，议又寝。然犹以从为效用于民国之日正长也。不谓鲲鹏一举而翼折。岂非天乎！先生年三十，上有父母，下无儿女。闻其弥留时语其徒曰："吾死后，尔等勿因是失其进取之心。须知此为必有之阶级"云。吾知为之徒者，当克继厥志，君且不死也。余常与一晤，貌其癯，知君之苦心焦思者凤矣。兹摭其大略，铭诸墓道。铭曰：天生才，天乃妒才乎？是未可知。祸非常，名乃非常乎？是益可悲。呜呼噫嘻！奈何其志之成而止于斯！

碧血黄花，暗香浮动，今夕何夕，天上人间。

在花卉与云霞纷飞交织的穹隆和大地间，华凌强与冯如对话了。

华凌强说，尊敬的前辈，我看你来了。这实际上是一次寻找。

冯如说，的确，与其说是你找到了我，不如说是我找到了你。

我找你找了一百年了。

华凌强说，我知道你找得很苦，即使在你殉国后，你仍在苦苦寻找，你的墓曾经从黄花岗迁往云鹤岭，后来又辗转迁至三宝圩，而今又回到了黄花岗。

冯如说，我在追寻航空救国梦，在追梦的路上，我看到一路的栉风沐雨，也看到了一路的春华秋实。

华凌强说，你看到了，一百年前你播下的种子，是怎样一步一步成长的，而今，中国空军正崛起于世界强国空军之林。

冯如说，更令人欣慰的是，我看到这个梦仍在延伸，追梦的路仍在延伸。

华凌强说，这就是我来找你的原因。

一、红云（1884—1895）

　　冯君如，号鼎三，广东恩平人。父业纶，务农，家贫，不能自给，生五子，君居其最幼者也。性颖悟，少时肄业于乡中小学，聪明冠群童，教师甚器之。然性好弄物，屡戒不听，曾以火柴盒做轮船等物，无不酷似，制造纸鸢，分给邻童，试高辄第一。乡人莫不奇之。君之醉心机器，盖胚胎于此矣。未几，四兄皆夭折，家益贫，中表某适从外洋归国，劝其外出营生，君韪之。父母以爱故，不肯使离左右。君曰：大丈夫以四海为家，安能郁郁久居于此，株守乡隅，非儿所愿也。儿行矣，毋以我为念。遂于一千八百九十五年赴美国三藩市……

　　　　　　　　　　——广州《时事画报》，1912 年 9 月号

　　有人说，冯如在广东的富有的父亲，在经济上援助他们研制飞机。冯如加以否认。

　　　　　　　　——美国《旧金山考察家报》，1909 年 9 月 23 日

1

在十九世纪末叶的中国版图上，广东恩平是个不起眼的小县，这个县莲岗堡的杏圃村是个不起眼的小村。1884年1月12日傍晌时分，在村边一间不起眼的青砖瓦舍里，传出一阵脆亮的啼哭声。

刚出生的男婴四肢抓蹬，小小的身量比别的婴儿要瘦弱，脑袋就显得特别大。

孩子的父亲冯业纶天擦黑时才带着一股冬日的寒气跨进家门。搁下担子，就捶着自己的腰背咳了一通。这一天是农历十二月十五日，是逢五开圩的圩日，冯业纶用货担挑了些犁头草、破布叶、土茯苓之类的中药材到牛江圩上去售卖。当他看到新生婴儿时，心中一阵喜悦。他的笑纹又牵着几丝愁容。这孩子头上有四个哥哥，先后已夭亡了三个，为镇惊避邪以防不测，按老辈的做法，妻子吴美英早早地就跑到娘家，要来了孩子外婆的旧衣备作襁褓，他也早早地给孩子起了贱名。冯业纶从接生婆手中接过婴儿，就使唤上了这个贱名。

他小心翼翼地抱着婴儿，轻轻唤道，珠九，看我们的小珠九哦。

珠九的大名叫冯如。珠九与猪狗谐音。名贱命大，什么牛仔、猪仔、狗仔，起个贱名往生命里灌注些野性，好活。

恩平这地方属广东南部山地丘陵区，七山一水二分田，十旱九不收，是自古流放贬黜之人的岭南炎荒地。到冯如出生时，这里仍相当闭塞荒僻，境内物资集散和人事往来主要靠水运，陆上只有一条南北向的宋代古驿道。在这块土地上活命的人们像土地一样艰难和沉默，日出而作，日落而息，在悬着一颗老太阳的低矮苍穹下经历着四季轮回、生老病死，经历着顺灾常变、喜怒哀乐。冯业纶并不像后来相传的那样贫困或富有，他头脑活泛，种田之余兼做贩卖稻谷、肉和中药材的小生意，顺年还过得去，逢灾年也得采掘些黄狗头、勒竹米、蕉树头等充饥。冯业纶操劳过度，早早地落下了咳喘的痨病。

说是地理就是命运，又有谁能想到呢，冯业纶的儿子冯如后来不仅走出了那条年久失修的破碎古道，还渡过了大洋，还飞上了天空。

后来发生的事，在冯如降生时，从他家那间黑黝黝的小屋往外看，无论如何也看不到任何迹象，但如果若干年后从大洋彼岸的美国西海岸往回看，还真的可见一条清晰的路线和一个个路标。比如在他降生这一年，爆发了中法战争。这以后又接连发生了甲午海战、八国联军侵华战争，日俄也在中国东北大地上燃起战火。又比如，这一年俄国人戈别烈夫驾驶着用蒸汽机做动力的单翼飞机往前跳跃了二三十米。此后又有法国人阿代尔乘坐蒸汽动力单翼飞机跳跃了一段，又有德国人奥托·李林达尔、瑞典人安德烈的滑翔机飞行，美国莱特兄弟驾驶动力飞机飞上天空。冯如以后会告诉人们，他和这些与他相距十万八千里的事件关系极大。

如果从冯如后来驻足的大洋彼岸的圣弗兰西斯科海湾往回看，也许正好与孩提时代的冯如打一个对眼。童年和少年时代的冯如仿佛听到了那遥远的呼唤，正翘首往远方眺望。他的小小的执拗的脚步，似乎要挣脱狭小土地的束缚，走出一个蕴藏着无限可能性的大千世界。

小冯如留在乡间泥泞土路上的脚印里藏着许多属于未来的故事。

2

八岁这一年，冯如进入邻村莲塘恩举书馆读书。

入学第一天，就把教书先生冯树义气得翻跟头。

翻过恩举书馆齐腰高的青石门槛，冯如照例拜了至圣先师孔夫子的牌位，向冯树义先生叩了三个响头，然后坐在第四排靠右边的一个位置上。这私塾里教的是《三字经》《论语》《孟子》等清代常用的启蒙课本，也教珠算、信札等实用知识。

冯先生坐到讲桌前，让学生翻开《三字经》，便慢条斯理地领着学生朗读起来。

人之初，性本善……随着老先生花白头颅的晃动，学生们也跟着摇摆起来，进入一种千百年来形成的秩序。

晃着晃着老先生不晃了，他站起身，踱到冯如的书桌旁，一边念课文，一边把手伸进书桌的抽斗里抓握。岂料冯如竟用双手死死捂住抽斗口。三只手像三只小兽默默地缠斗起来。这还了得！教不严，师之惰。老先生脸腮上的肌肉一蹦一蹦地抽搐，一口咬断书文不念了。

老先生举起戒尺狠狠地砸着桌面，厉声喝道，把东西拿出来！

这一喝把冯如喝呆了，他怯怯地从抽斗里拿出一部小小的龙骨车。竹片和硬纸做的水车惟妙惟肖，龙骨水斗可放可收，还能转动，十分精巧。在老先生刀子般的目光逼视下，冯如又慎慎地捧出了一叠纸，打开是一只帆船。

冯先生把冯如带到讲桌前，抓过冯如的小手，高高举起戒尺，可顿了顿，又放下了，说，你把刚才念的课文给我背一遍。

人之初，性本善，性相近，习相远。冯如一边背，还一边学着先生晃动脑袋。

冯先生不觉就消了气，翻出冯如的手心，咬牙切齿地轻打了一戒尺，说，坐头一排来！

冯树义鼻架眼镜，身穿长衫，脑后吊一根花白长辫。这位秀才出身的老先生通晓经史子集、诗词歌赋，却仕途多舛，眼见挣扎耗尽了青壮年华，自叹大势已去，再无意官场宦海，却也于心不甘，想着能在自己的教鞭底下调教出济世经邦的人才来，也不枉度此生。他至今光棍一条，性格孤僻，闲下来无甚爱好，日夜只喜拿着戒尺把玩，把一根桃木戒尺玩得通体油滑黑亮。上课遇孩子淘气，抓过孩子的手就是一顿狠敲，也不失为发泄一辈子怨气晦气的通道，手下的孩子十有七八常肿着个小手。这天要是别的孩子那样气他，那手早就成了七月的熟桃了，他是看到冯如精巧的手工，不知怎的就动了恻隐之心。

待时日一长，他发现冯如天资聪颖，生性好奇好动，整天琢磨用纸布竹木制作些衣食住行的器物，屡戒不听，功课却也领冠群童，揣摩着是个可造之材，就渐渐地把一部分心思移到了他身上。平日总把冯如拉到身边，又是讲学问，又是拉家常，倾吐心头积念和苦衷，放了学也把冯如带到自己的蜗居，嘴上没个停。到了后来，这一老一少与其说是师生，不如说是知己谈伴。

冯如平日少言寡语，跟冯先生在一起例外，老先生天南海北地扯，他就海天胡地地问，小脑瓜里也不知道哪来的那么多问题。冯先生心中窃喜，却故作嗔怪道，你就是捡起一粒石子都能从里面掰出十个问题来。这倒也能满足冯先生揣着一肚子学问需要倾吐的欲望，但许多颇似刁钻的问题却也让他挠头。

这天，冯如问道，人能像鸟一样飞上天吗？

冯先生拈须摇头说，人没有翅膀，飞不起来。

冯如想了想，又问，人能不能造一双翅膀飞上天呢？

老先生一怔，把冯如拉到床沿坐下，手拂戒尺慢条斯理地扯了起来。

老先生说，人能不能模仿鸟类飞上天呢？我们的祖先早就想过，而且还试过，史籍中就有"公输子削竹木以为鹊，成而飞之，三日不下"的记载，那是在两千多年前的春秋战国时代。大约也是那个时代，有个叫庄周的人，说过"列子御风而行，泠然善也，旬有五日而后反"的故事。列子可说是驾帆船在海上行，也可说是在天上飞。

冯如的黑眼珠子一闪一闪地亮。

列子在天上飞可信不可信呢？老先生用戒尺顶着下巴想了想，接着说，到了东汉王莽时期，有人把大鸟的硬毛绑在身上，用环纽连接成翅膀，然后从高处像老鹰那样滑翔而下，飞了数百步跌落到地上。虽然这个人摔死了，但还是有人勇敢地接着做，明代有个万户官把自己绑在一把椅子上，在椅背上装了几十只爆竹，他一只手抓一只大风筝，叫人用火点燃爆竹，想借爆竹爆炸的推力飞上天，结果也摔死了。

不过，也有飞起来的，比如垓下之战，张良乘风筝飞到楚营上空高唱楚歌，瓦解楚军军心，就是一例。

这一天，老先生搜肠刮肚扯到很晚，对人能不能像鸟飞上天没下结论。

冯如回家的路上，暮色已重，他却似乎看到天边挂着一朵透亮的红云。

3

冯如的手工愈做愈精了，愈做愈有想象力和创造性了。

有一次，他仿造了一门大炮，炮身有一米长，涂上锅底灰，打磨得黑里透亮，还做了一些有四个轮子的木牛竹马。

放学后，他领着小伙伴到一块凸凹不平的坡地上，把炮与木牛竹马各置一方，模拟起一场大战。这是二十多年前发生在土、客之间的一场械斗。土、客其实都是汉人，只不过客家人后迁入，土、客因利益磕碰向有冲突，以致酿成长达十几年的仇杀。这个悲剧夺去了成百上千人的性命，双方还把俘虏当"猪仔"贩卖出洋，一些青少年妇女更被卖为小妾或娼妓。这门炮便是莲岗堡土著胜利的记忆。当年莲岗土著与客家人械斗老是吃亏，就合计买了一门长三米、重3.6吨的大炮，由百余青壮抬进了村子。客家人闻讯赶制了许多木牛竹马，想以此驱邪破阵。竹木怎能敌得过铁器火药，战事一开，客家人被炸得血肉横飞。小冯如想象着当年开战的场面，领着小伙伴们点燃烟火，一边呐喊，一边放炮。炮身虽粗，内管却用细老竹做成，填上大人们用于猎枪的火药轰放，与真事倒也有几分相似。

真正让冯如醉心的是做风筝。他翻着花样做各式各样的风筝，还喜欢做各式各样的试验，有的尾巴上吊一块石头，有的上端装一只朗古木叶做的风车，有的在两端的翼尖安几只竹哨，一放飞就发出哨鸣，自己玩，也分送给小伙伴们。

这回他做了一只有多根纵骨和斜骨的矩形大风筝，风筝两边还各吊着一只小木桶。由于工时长，风筝刚做好，全村的人早就知道了，他与小伙伴架着风筝往村口走时，人们都心里发笑，又不禁好奇，便跟在后头看热闹。

到了村口，冯如让一个伙伴举着风筝站好，他扯着风筝线退后几丈远，然后高喊一声"放"。在小伙伴松手的一刹那，冯如扯着风筝线转身疾跑，风筝兜满风徐徐地升上了天空，升了近百米高，引来一片叫好声。

水桶上天的奇闻一下子传遍了整个莲岗堡，人们都说这孩子长大必能成器。

九月九，去放牛，牛到河边去吃草，我放纸鸢到山头；牛牯壮，起高楼，纸鸢高，打筋斗，落到河里唤得龙王上来饮烧酒。天性不安分的冯如有一颗飞翔的心灵，他醉心于做风筝，也喜爱放风筝。他口唱童谣，手牵风筝线，心里别提多提劲、多舒坦了。随着风筝上升，人也好似往天上走，呼吸着云彩和天空，从冯树义老先生嘴里说出来的世界仿佛变成了现实的世界，什么嫦娥奔月啦，仙女下凡啦，这一切仿佛都与他的生活里外不分了。

最带劲的，是两只暴眼眦目的脸谱风筝。这是他照着《封神榜》里的雷震子和辛环大战天空的故事想象出来的。

他把冯老先生拉到村外，他放一只，让冯老先生放一只。

风筝在空中哗啦啦地响。

嫩嗓子有板有眼地扯着喊，四翅在空中，风雷响亮冲，这一个杀气三千丈，那一个灵光透九重。

那老嗓子接道，这一个肉身成正道，那一个凡体受神封。

嫩嗓子喊，这一个棍走起烈焰，那一个锤钻逞英雄。

老嗓子接，平地征云起，空中火焰凶。

嫩嗓子杀进来，老嗓子也倔然不退，金棍光辉分上下，锤钻精通最有功；自来也有将军战，不似空中类转蓬……

冯老先生玩风筝也玩上了瘾，常见他穿着长袍大褂拖着花白辫子在田埂上高一脚低一脚跟着冯如疯跑。疯着跑着倒也忘了许多忧愁烦恼，那根面目狰狞的黑脸戒尺也变得温柔了许多。孩子们免受了不少皮肉之苦，无形中都对冯如多了几分钦佩，多了几分亲近。若是两个孩子为什么事争执不下，就会说，走，找冯如评评去！谁被家长拧着耳朵斥他贪玩回家晚了，这孩子会理直气壮地顶牛，我是跟冯如在一起，不信你去问！

天色已晚，冯老先生收了风筝，见冯如还仰面朝天一脸迷幻地放着风筝，就催促冯如说，你看天上的云都掉灰了，赶紧收了风筝回家吧。

岂料冯如疑惑地看看老先生的眼睛，再抬头望望天，说，不对呀，云是红色的呀，还放着金光呢。

这已经不是第一次了，冯如的天上有一朵透亮的红云，流动的边缘上还闪烁着毛刺刺的金焰。

哪里啊？在哪里啊？冯老先生顺着冯如的视线看看天边，又侧脸看看冯如。再看看天，却怎么也看不见。

4

转眼到了 1895 年，这一年又是苦旱年景。

大伏天，冯如到地里去灌溉。他带着一根用火烤软弯成虹状的竹竿，把一头插入隔邻的田里，再口含另一头，用力一吸，就如同乡间酒坊从大坛子往小坛子倒腾酒，邻田的水就引入自家龟裂的稻田里了。邻田的外侧有个池塘，塘边有一部水车衔着塘底的一泡浊水，冯如往自家田里引了水，又跑去踩水车，往邻田里戽水。小冯如不满十二岁，身子骨还没撑开，在同龄的孩子里也显单薄，可干起活来却有一把骨子里的劲。

毒日头下冯如正使劲踩水车，就听阿哥冯树声"细老，细老"地唤他。冯如抬头抹了一把被汗盐杀痛的眼睛，阿哥已跑到跟前。阿哥长冯如两岁，长得比冯如壮实，却不比冯如秀气精神，还顶着一头癞痢。

阿哥气喘吁吁地说，伯母家的舅舅来了，是去美国回转的舅舅，爹叫你快回家。

舅舅叫吴英兰，是伯母的弟弟。近百年来，西方工业资本主义迅猛发展，殖民者在扩张时大肆攫取殖民地劳力，鸦片战争之后，清政府被迫允许夷人在中国口岸设馆招工。1848 年，美国加利福尼亚州发现金矿，在华招工的传单极尽渲染，"美国人是非常富裕之民族，彼等需要华人前往，极表欢迎。彼处有优厚工资，大量上等房舍、食物与衣着。你可随时寄信或汇款给亲友"。一批批华人"猪仔"被贩到美国挖金矿、筑铁路，而挣扎在生存线上的农民也在大清末世的绝境中看到了一线希望，纷纷远渡重洋去淘金，去淘金的人越来越多，如今已超过十万人。濒临南中国海、与港澳毗邻的恩平也涌起一浪一浪的劳工出国热，不少邑人还自筹盘费或由旅外亲友资助赴美讨生活。冯如的表舅吴英兰就是这样去了加利福尼亚的旧金山，先当苦力，有了一点积蓄，便摆摊做起小本生意。

冯如跑进家门，表舅吴英兰来了已有时辰了。爹、娘和表舅的目光一下子都聚到冯如身上，谁也不说话，又好像都在说话，气氛怪怪的。表舅好，冯如向表舅鞠了一躬。表舅人高马大，穿一件斜纹洋布短衫，是个满脸憨厚的壮年汉子。他拍拍冯如的脑袋，塞给他两粒用褐色玻璃纸包着的糖球。娘抹了一把似乎泪湿的眼睛叹口气，说，先吃饭吧。

从冬上逼下来的旱年，能摆上台面的早都吃光了，一家人好些日子没吃到白米饭了，这顿饭不知从哪儿弄来的米做了一锅白米饭，还有一碟咸鱼干、一碟芥菜腌制的酸菜。吃饭时的气氛也是闷闷的。放下筷子表舅就告辞了，临走对爹娘说了一句，你们再掂量掂量吧。

冯如家的房子是杉木瓦面，外墙皮用青砖构筑，内墙用泥砖垒砌，俗称银包皮。内有三间，正房两间宽敞些，除了父母的床、桌凳、舂米的石碓，两侧依墙堆着木犁耙、锄类、禾镰、竹箕竹箩、木桶、戽斗、货担等用具；另有一间几米见方的偏厦，供冯如和阿哥睡觉。三间屋共通一个极窄的天井。移至中天的月亮已往天井里斟满了清辉，冯如还没睡着，还睁着一双大眼睛听爹娘说话。

爹娘自躺下后一直在谈论一件事，就是让不让冯如跟表舅去美国。

表舅去美国多年，在华人叫作三藩市的旧金山苦扒苦做攒了一点家底，但身边没个亲人，婚后多年至今又无子嗣，又不能带老婆走，一是那边交不起人头税，二是这边的寡母没个照应，随着年岁增长，越来越有一种深深的孤独感。今年春节前回乡，大半年过去了，至今仍不见老婆的肚子有什么动静，便灰了心，琢磨着想把表外甥冯如带走。在美国，没有子女的华人找一个亲戚的孩子带在身边已成习俗。这天到冯如家就有这个盘算，又见冯如家境困窘，便提了出来。

牛江去美国当劳工的不少，杏圃村就有好几户。他们每回故里省亲，不但带回些留声机之类的稀罕物，更带回了诸如乘火车、电车出行，工厂大机器代替人力干活等新奇见闻。冯树义老先生对此也津津乐道，不仅把他没见过的景况讲述得活龙活现，还努力传播先进思想，讲到大机器的妙处，他拿出一份维新派办的报纸，眉飞色舞地念道，一人耕能养百人，一日所工，能给百人食，用智愈多者，用力愈少。海外生机勃勃的气象与死气沉沉的牛江杏圃村反差巨大的对比，压迫着同时也滋养着小冯如的好奇心和憧憬梦。他制作的小帆船，时常载着他的梦想在晒场边的池塘里越海过埠；在课堂里念《论语》时，他故意把"父母在，不远游"念成"父母在，得远游"。这成了他小小的、重重的心思了。这天夜里，当爹娘谈论让不让他跟表舅走的话题时，他就积极地掺和了进去。

爹说，这老天老是凶着脸，日子没个盼头，让阿如出去闯闯兴许是条路。

娘爱子心重，怏怏地说，阿如还小，身板又单薄，要去也得再等两年身子骨长硬实了再去。

这头冯如开合着嘴巴，无声地反驳说，村东头黑牛走的时候还不及我大呢。

那头爹应和道，他舅要带树声走倒也好，这仔皮实，可人家看不中，带阿如走总叫人放心不下。

娘说，人说到了番夷都是做苦力，阿如总不安分，怕是挣不上一口饭吃。

这边冯如坐起身，用指头顶住睡梦中阿哥的脑袋，翕动着嘴唇说，你说是你能挣饭吃，还是我能挣饭吃？

那边床板嘎嘎响，爹坐起身，把着水烟筒点上一锅自产的红烟，吭吭吭咳了一通，慢吞吞地说，人说老番这些年排挤华人，地头上流氓恶棍当道，阿如生性犟，怕免不了吃亏。

娘就嘤嘤地哭，说，我的五个仔就活了这两个，他们要再有个三长两短，我还怎么活呀。

这边冯如早已蹦下床，从泥墙上取下自制的弩，瞄着假想的对手嗖嗖地发射。冯如做的这支弩十分工巧，能射出百步，还曾猎获过一只乌脚狸呢。

爹和娘谈论了一夜，冯如无声地辩驳了一夜，虽无结果，冯如却抑制不住地兴奋。

天快破晓时，他把表舅给的糖球剥开，塞到哥哥嘴里一颗，自己吃了一颗，那种甜中带苦的滋味他一辈子也忘不了。

早晨出了家门，他没去邻村的西闸学校上课，而是跑到二十里外的表舅吴英兰家，向表舅倾吐了要跟他走的愿望和决心。随后拉表舅找到冯树义老先生。冯如一年多前就离开冯老先生，转到邻村的西闸学校半天读书半天劳动了，但这一老一少还像过去那样，一得空便凑到一块儿没完没了地扯，没大没小地疯。

冯如把表舅和自己的想法以及爹娘的夜话一五一十讲了一遍，征得了冯老先生的支持。

晌午时分，冯如把两个援兵搬到家，向爹娘发起了攻势。表舅没怎么说话，他跟了来就是一种态度。这冯树义老先生却呱呱地说个不停，从冯如的前程、家庭的未来到民族的出路，动之以情，晓之以理，总之让冯如跟着表舅走才是正经，否则谁也对不住。

爹本来就犹豫，经这么一撺掇，就转身劝起了娘。娘虽然恨冯老先生多嘴，却也知晓事体，到了这个份儿上，也只有抹着泪默认了。

表舅这才开口，冲着他俩昨夜的担忧，讲些打消顾虑的话，还说冯如到了那边也可以读书，可以半工半读。

见大功告成，冯如兴奋异常，用念课文的腔调大声说，大丈夫以四海为家，安能郁郁久居于此？株守乡隅，非儿所愿也。又向爹娘作揖道，儿行矣，毋以儿为念。

这年年底，冯如跟随在家乡住了近一年的表舅吴英兰踏上去美国的旅途。他们乘木帆船，沿锦江河到三埠转船到香港，然后转乘一艘蒸汽邮轮，驶离了中国的海岸线。

邮轮突突地冒着黑烟东行。冯如久久地站在甲板上，看着海岸线像一缕黛墨色的云纱渐渐地飘逝。

二、两脚牲口 （1895—1899）

君之有进取志，已孕于弧矢时矣。遂于民国纪元前十七年赴美国三藩市，日作营生，夜习西文，是时年仅十二岁。

——《东方杂志》第九卷第五号，

1912 年 11 月 1 日出版

1

在海上航行的一个来月里，冯如浪漫明亮的心情一路往下沉，竟至到了有一种说不出来的压抑。

他和表舅吴英兰坐的是甲板下的统舱，这里打满了地铺，人挨着人，人挤着人，混浊的空气里充斥着脚丫汗碱屎尿烟草呕吐物和热烘烘的人体味。途中遇到风浪，人们被颠簸得五脏翻腾头晕呕吐精疲力竭，不要说人，就连老鼠也瘫倒在地板上，抽搐着一鼓一瘪地喘粗气。冯如心情的变化倒不是因为这些，而是因为他从未经历过的一种滋味，被人歧视的滋味。邮船上有厕所、餐厅、酒吧甚至舞厅，底舱的人不要说享受不到这些，就连到甲板上去呼吸新鲜空气都受限制，热水一连几天喝不上，那些白人海员永远是呹五喝六地斥对他们，而对白人乘客和富人却永远是摆出一副讨好的面孔。最让他气闷的是看到表舅在白人面前低眉顺眼的样子，难受得他几次要叫出声来。

邮轮航行了漫长的一个来月，终于驶抵美国西海岸的旧金山。

冯如和表舅扛着行李刚上码头，几个形貌粗鲁的白人就围了上来。为首的是个红脸大汉，嘴里叼根雪茄，眉骨像两只猛然对撞的拳头，眼冒凶焰，谁见到他都会以为他与自己有仇。红脸大汉同表舅打个招呼，像是久未见面的老朋友，不由分说地转身走向一辆马车跳上去，表舅跟上把行李放到车座上，就随着马车去唐人街。

途中都是上上下下的岗坡，到了繁华地段，沿街码着别具风情的维多利亚式建筑，咖啡馆、商店、货摊、餐厅、剧院、夜总会，招牌和广告林林总总，街上往来穿梭着白人、黑人和黄种人，时而碰到醉汉和乞丐，还可见扮成巫婆、小丑和玩杂耍、弹吉他的街头艺人。对于生在中国偏僻乡村自小没出过远门的冯如来说，一切都是那么陌生而诱人，最令冯如惊异的，是塞满了人的木头房子，没有牛马拉，偌大的辘轳会自己走动。

冯如翕动着鼻翼，东张西望正看得入神，猛地被身边的白人大汉扽了扽脑后的辫子，用力之大，差点儿没把冯如扯倒。

在格兰特街南端的唐人街口，身材魁梧的表舅卸下行李，点头哈腰向赶马车的白人付了钱，就领着冯如去自己的住处。表舅告诉冯如，刚才那个赶车的他认识，但不是来接他们的，人家是赚"护送"钱的,不让护送也得护送,人家就吃的这碗饭。表舅说这帮烂仔今天还算客气,通常对刚下船的华人和黑人任意推搡和辱骂,把人不当个人。冯如就想起红脸大汉屁股上挎着的那把龇着一排牙齿的手枪。

穿过入口处的深绿色中式牌楼和一对石狮子,便是唐人街,路不宽,沿街都是悬挂着中餐馆、洗衣店、古玩店、茶肆、杂货铺、理发店和旅馆等汉字招牌的铺面房,洗衣店尤其多。表舅的家穿过闹市拐两个弯就到。进了门,一股难闻的霉湿气味扑面而来,借着从唯一的天窗投进来的微弱天光,可见屋内摆设极简陋,屋中央摆着一只条木箱,面上铺一层防雨布,是当饭桌用的。

第二天,表舅带了一些腊肉腊肠之类的家乡土特产,领着冯如来到第九街的一家中国餐馆。餐馆司理张南是表舅的拐弯亲戚,他摆了一桌酒菜为表舅和冯如接风,还有两人作陪,一个叫黄杞,一个叫谭耀能。黄杞蓄着小胡子,浑身透着精明,是一家工厂的机器维修工程师;谭耀能微胖,是开洗衣店的。两人都头戴家乡的抓帽,拖个辫子。表舅把张南的家书交给他,张南揣着先不看,催表舅讲讲家乡的事。一杯酒下肚,嚼着块香芋扣肉,表舅讲起了家乡的所见所闻。大家像围着火炉取暖,脸上反射着暖暖的红光。

正在兴头上,门口"呼"的一阵风,进来了几个牛仔打扮的白人,噼里啪啦一落座就大声武气地叫嚷。张南皱皱眉头,说,你们先聊着,我过去照应一下。冯如一看是昨天"护送"他们的那几个人,就看着表舅,谁知表舅并不去同"熟人"打招呼,低头掩面喝了一盅酒,轻轻地嘀咕了一句,这帮爱尔兰烂仔。

黄杞憎恶地说,这帮烂仔,到饭馆动不动就酗酒赖账,还把破

21

衣服拿到洗衣店去诈赔，专欺我们中国人，你还惹他不起，这帮烂仔整天寻衅斗殴，甚至受雇杀人，听说前几日还蒙面绑了一个华商的儿子。谭耀能侧歪着脸告诉冯如，这伙人是个黑帮，那个拇指戴铁箍的小头目，外号叫红脸虎，这家伙够邪乎的，能像闪电那样出手抓住耗子，一口把活耗子咬成两截。谭耀能指的就是赶马车的那家伙。

黄杞斜视着那伙人，问表舅知不知道中日签订《马关条约》的事。表舅说家乡虽处僻壤，但也听人说起过，知道个大概。黄杞气恨地说，又是赔款，又是割地，这清政府腐败无能到了极点，我看中国早晚要亡在这个混账政府手里。谭耀能也愤愤地说，可不是嘛，清政府无能，我们华人在哪儿都低人一等，吃亏受气，洗好的衣服不让用扁担挑着篮子去送，非要用轻便马车送，没有马车的要强征一笔执照费，这不是明着暗着拿我们华人吗？

黄杞说，美国搞的什么《排华法案》，就是明着歧视我们。这帮爱尔兰烂仔就仗势欺人，动不动就聚众凌辱打劫华人，杀害华人和放火烧毁华人住宅的事也不少见，不要说清政府不管，就是管也没用，你国家穷、国家弱，你还有什么尊严可言，人家根本不拿正眼瞧你！

表舅在一旁一个劲地示意小声点儿。

张南回到这边，见大家情绪已坏，无心再聊，就说大伙合计合计帮阿如找个事做吧。

黄杞端起酒杯喝干，把酒杯往桌上重重一蹾，接着先头的话茬说，早年建铁路时华工吃苦卖力，在悬崖绝壁上开山凿石，每天都有人累死，在事故中被炸死压死，穿过内华达山脉的铁路怎么开出来的呀，我敢说每根枕木下都有一条华工的命。当时说华人是最有价值的移民，现在怎么样，太平洋中央铁路建成了，就卸磨杀驴了，一下子把我们都赶出了铁路和矿区，还搞什么排华法，禁止华人入境入籍，什么价值不价值，在老番眼里，我们华工都是下等人，是两脚牲口！

张南接口说，不是两脚牲口是什么，干同样的活，华工的工钱只及白工一半，还得刨掉来美国欠下的债，人死了，连遗骨返回老家的十五美元船票钱，有的都付不起。

谭耀能说，现在我们华人能做什么，我们只能做人家不愿做的苦活，只能做苦力，做洗衣工，一块搓衣板，一块肥皂，从早洗到晚，累得连吃饭拿碗筷都拿不住，也挣不出养家糊口的钱。

张南拍拍冯如的脑袋，叹口气说，如今事情难找呀，阿如人又小，就更难办，不如就先在我这儿干着吧。

黄杞说，不用，你这儿不缺人手，这样行不行，我的一个朋友与人合开了一间咖啡馆，可先去试试，这边再从长计议，看看四邑会馆和洪门那边的朋友有什么办法。

黄杞交际颇广，也很热情，大家都点头称是。表舅起身作揖连声谢了。

2

自乘上离开家乡的轮船至今，冯如的小脑瓜里装进了太多的东西，他看到了大海的辽阔和汹涌，也看到船舱底层的狭窄和阴暗；看到了美国都市的繁华和气派，也看到这背后的险恶与不公。他眼界大开，对新生活充满了憧憬，而心情却像在大海上航行的轮船，时而在灿烂的阳光下伴着海鸥自由徜徉，时而在狂风恶浪的摔打下起伏挣扎。随着航程延伸，过去华侨回乡在他脑子里留下的荣耀光鲜的模样越来越黯淡，转而在心头聚起了一块块疑云。他反复地问自己，白人在华人面前凭什么趾高气扬，表舅在白人面前为何要低三下四，这难道是天经地义的吗？今天听了大人们的谈论，他有点儿明白了，尤其是黄杞叔叔说的，你国家穷、国家弱，你还有什么尊严可言，人家根本不拿正眼瞧你！他想起了家乡贫困衰败的样子，他想恐怕在人家眼里整个大清帝国也是这个样子，原来人家瞧不起你，是因为瞧不起你的国家。于是又想，人家国家为何就富呢？我大清帝国为何就穷呢？于是又想，大清帝国能不能变得富强呢？怎么变得富强呢？这一夜，伴着表舅拉风箱似的鼾声，冯如在黑暗中睁着大大的眼睛想啊想啊，直到天窗慢慢泛白。

没过几天，冯如跟黄杞和表舅来到市场街的橡树咖啡馆。咖啡馆里烟雾腾腾，灯光昏黄，墙上贴着华盛顿和英国女王的画像，还有民歌里的水手威廉和黑眼睛苏珊的画儿。冯如被安排在门口当门童。岂料不几日的一个晚上，冯如肿着脸回到家，鼻子下遗有血迹，辫子也散了。这天一群街头小痞子围住他，抓掉他头上的帽子，把盘在他头上的辫子扯下来，你拽一下，我拽一下，嘴里呜里哇啦讲着冯如听不懂但知道是侮辱人的话，像逗猴似的乐。表舅用热毛巾替冯如消肿，说明天就别去了，再想法找别的事做。冯如不服气，第二天犟着又去了。表舅搁不下，摊档也不摆了，悄悄跟到咖啡馆，把事情跟黄杞的熟人讲了，请他想想办法，不然找个理由把冯如辞了也行。果然，临近中午，恶作剧又开始了。那人赶紧把冯如拉进咖啡馆，说，跟这帮小流氓斗气不值当，看你鼻青脸肿的，也别站门口了，先回家养养伤再说。说着往冯如手里塞了两元钱。

一时找不到事做，冯如就跟着表舅在唐人街出摊卖杂货。就这么个摊档，两人出摊跟一人出摊一个样，都是卖这么些货。冯如想着自立，见不少孩子靠擦皮鞋谋生，也动手打了个工具箱，去擦皮鞋。唐人街往来多是华人，穿皮鞋的少，擦皮鞋得出了唐人街。不料没干几天，就被红脸虎砸了工具箱。眼看红脸虎要动手打人，一个同冯如一般大的孩子拉着冯如钻进了一条巷子。这孩子叫朱竹泉，广东新宁平岗乡大明塘村人，跟回乡探亲的亲戚来美国不久，也来擦皮鞋，只不过比冯如多干了些日子。朱竹泉告诉冯如，这儿的妓院、赌场、街头野鸡、无照小贩，甚至流氓小偷都受黑社会管，向他们交保护费，否则就打人砸场子。朱竹泉说，这条街归红脸虎管辖，这家伙心狠手辣，要冯如避着点儿。朱竹泉说，我明天也不来了。

冯如没钱交保护费，更受不了这个气，就在表舅家关起门来做风筝，也做些孔明灯、飞陀螺之类，放在表舅的摊子上卖。冯如做得极用心，与其说是以此谋生，不如说是满足做手工的嗜好，但产出少，卖不了几个钱。

3

翻过年头，好消息终于来了，黄杞托洪门致公堂的关系，为冯如在耶稣教纲纪慎会找到一个差事。

耶稣教纲纪慎会是个宗教机构。管事见冯如人虽瘦小，但眉清

25

目秀，聪明伶俐，就收下了。冯如的工作是白天搞清洁卫生、端茶倒水、搬运杂物，随时听候差遣干些杂务，晚上住在会里，跟着一个老头照管门户。这工作虽然辛苦，工钱微薄，但毕竟能凭自己的劳动挣钱，而且来往的人都谦恭有礼，没有了大街上地痞恶棍的骚扰，冯如倒也干得尽心尽力，不仅做好分内事，还修好了破损的桌椅窗框之类，手脚很是勤快，赢得管事、神职人员及来这里参加活动的教徒的好感。但时间一长，冯如就觉得天地太小，尤其在别人说话时，他瞪大两眼努力去想，终也弄不明白是什么意思，感到自己就像被关在笼子里的小鸟，拼命地扑扇翅膀，但就是碰得头破血流也飞不出去。

一位常来这里的年轻女子仿佛看出了冯如的苦闷。这一天，她问冯如想不想学英文，她可以帮着安排。这还用问吗，冯如激动得差点儿没跳起来。

年轻女子叫苔丝·凯拉，人称苔丝小姐，她为冯如联系的是所英文夜校，属耶稣教纲纪慎会的附属机构，是专为不懂英文的白人、黑人和黄种人移民开设的，苔丝就是夜校的教师。冯如极珍视这个学习机会，白天勤勤恳恳干活，晚上来这里上课，他要推倒语言的迷墙，冲破囚住他的笼子，在蓝天上自由自在地飞。现在同在莲塘恩举书馆念书时完全不一样，冯如学得极专心、极努力，一双大眼睛就像磁铁那样吸收和渴求着知识，下课后回到住处还要把课本拿出来读，那些英文词汇就像家乡成熟的野山果，嚼得满口酸甜。凭着冯如的聪明和刻苦，课堂上教的不够吃了，课本上的东西也不够吃了，越来越不够吃了。

班上学生都是成年人，十三岁的冯如年纪最小，苔丝老师一直

26

很关注这个长方脸、深眼窝、颧骨微突、嘴唇微厚的孩子，发现他因学习进展快而遇到困难，就给他开小灶，给他读高一级的课本，帮他解答难题，教他口语和发音，并引导他用英语对话。这一切让冯如十分感动，感到在灯光下安安静静讲课的她真像悲悯的圣母。

时日一长，班上同学都熟了，但不同肤色的人也就是脸熟，平时互不往来。因冯如年龄小，白人黑人都喜欢跟他打个招呼，做个怪动作，表达对中国人穿戴举止的好奇。对善意的举动，冯如也玩点儿小花招参与游戏，唯独一个长着浓密络腮胡子的白人，动不动就扯冯如的辫子，让冯如很反感。

下课刚走出教室，络腮胡又一把捞住冯如的辫子，好像只有手中的玩物而没有冯如这个人一样，一边把玩着辫子，一边跟他的同伴聊着往前走。冯如痛得蜷着腿嚷嚷要停下来，但络腮胡不管不顾，仍然说笑着径自往前走。冯如忍无可忍，照着络腮胡的脚背狠狠地踩了一脚。络腮胡站住了，瞪着牛眼破口大骂，冯如听出他骂自己支那猪、小野种。骂还不解气，络腮胡抓住冯如的领口猛地一搡，把冯如搡倒在地。冯如爬起来，络腮胡又把他摔倒。冯如倔强地再次站立起来，用袖口抹着鼻子流出的血，梗脖子怒视着络腮胡。络腮胡打了一声呼哨，又扑上来抓住冯如的辫子，狠劲地拽着抡圈。这时就听一声大喝，慢！

同班的陈石锁走上来。陈石锁双手捧着自己的辫子往前一送，说，你放下他，要抓你抓这个。陈石锁十八九岁，方头方脑，五短身材，比络腮胡矮近一头，但粗壮结实，脖子同脑袋一般粗。络腮胡见有叫板的，就撇开冯如，去抓陈石锁的辫子，岂料被他一闪，扑了个空。络腮胡受到了嘲弄，挥拳就打，又被对手不慌不忙地躲过。这下络腮胡恼羞成怒，咆哮着胡抓乱打，却连对手的毛都没碰到。就当络腮胡喘粗气的瞬间，对手的一只拳头准准地打在他的下巴上，看上去打得不重，好像只为警告，实际用的是内力，络腮胡立马就蹲下了。陈石锁将辫子往脖颈上一绕，从容抱拳，说一声恕我无礼，干净利落地转身便走。络腮胡托着下巴站起来，看看周围一圈人，气哼哼地还要往上冲，却底气不足，被他的同伴一把拉住。

这天夜里冯如做了个梦。他在光影虚冷的街上走着，半空突然蹿出一条黑蛇，缠住了他的脑袋。蛇身冰冷冰冷，它伸出去的上半身勾回来朝他呼呼吐着血红的箭舌，两颗尖利的白牙随时会咬到他的脑门儿。他用双手拼命挥打，蛇的上半截像影子随之飞舞着，下半截把他的头越箍越紧。他大声呼救，可路人都变成了树桩，只有礼帽、表链、白手套和猫头鹰的笑声泄露了他们的身份。他陷入了一座孤立无援的恐怖森林。他奋起与蛇搏斗，在绝望中他一把抓住了蛇的颈部，死命地撕扯摔打。随着自己的一声惨叫，他从床上猛地坐立起来。

冯如跳下床，找把剪刀，咔嚓就把辫子剪了。

4

次日晚上陈石锁没来上课，络腮胡也没来。冯如下课后往回走的路上，从街拐角黑暗中伸出一只手，拍拍他的肩，把他领到僻静处。面目模糊的不速之客告诉冯如，陈石锁遇到了麻烦，需要他的帮助。不速之客说，络腮胡被华人当众羞辱，黑帮要红脸虎将此事摆平。红脸虎便把络腮胡叫到一家酒吧，要了一堆啤酒，喝到兴头上，红脸虎突然举起一只空酒瓶狠狠砸到络腮胡头上，然后在桌角砸碎酒瓶，用锋利的碴口扎得络腮胡满脸花。红脸虎恶狠狠地说，记住，这是那个支那猪打的，你得到法庭去告他！果然，次日一大早，陈石锁就被两个警察戴上手铐，关进了大牢。不速之客说，我们知道事情的真相，你是当事人，你得为他出庭做证。冯如用力点点头。

冯如恨透了红脸虎，回到会所，找来铁丝和钳子，做了把大大的弹弓。此后几天的晚上，他也不去夜校，揣着弹弓四处转悠，见到红脸虎就藏在隐蔽处用弹弓袭击他。红脸虎被卵石子儿打得鼻青脸肿，跳着脚咆哮，疯了似的满街乱窜，可就是老鼠咬龟冇处下口。

几天后，冯如被传到了法庭。进入大厅时，他看见来了许多华人，里面有黄杞、谭耀能，还有表舅焦虑的面孔，似乎还有不速之客，白人也不少，红脸虎也在其中。红脸虎戴一顶巴拿马帽，看着他压低的帽檐下鼻青脸肿又满脸邪气的样儿，心里又是气恨又是好笑。

开庭了，络腮胡煞有介事地说了一通胡话。

法官问到冯如的时候说，事情是这样的吗？是由你挑起的吗？冯如指着脸上贴满胶布的络腮胡说，是他先惹的事。络腮胡瞪起眼睛对着冯如吼叫，说，是你惹的事，你这个野蛮的小杂种，你是帮凶。冯如想往下讲事情的经过，但被法官喝止。法官说，你只需回答是或不是，却接过络腮胡的话斥问冯如，说，你不但惹起了事端，还参与了对无辜者的袭击，是吗？怎么会是这样，怎么在大白天睁着眼睛说瞎话！旁听席一片哗然。冯如胸中腾地燃起了大火，他不知道美国曾有过一条禁止中国人在法庭上提供不利于白人证词的法律，他不顾法官的阻挠，让事情的真相从口中奔泻而出。法官一个劲儿地制止、制止，最后怒气冲冲地敲下法槌，叫法警把冯如带出法庭听讯。

庭审结束后，冯如也失去了自由，他同陈石锁一道被送进大牢羁押。走出法庭时，他看到红脸虎抱着膀子，靠在廊柱上得意地狞笑。

大牢里又黑又脏，老鼠和蟑螂乱窜，关押的都是黑人和黄种人。坐在牢房的角落里，冯如心里很乱，离开家乡后所有的遭遇，受到的所有歧视与不公一幕幕地在脑子里叠闪翻腾。他一遍遍想起黄杞叔叔的话，你国家穷、国家弱，你还有什么尊严可言？他想起家乡贫困窘迫的样子，想起美国生气勃勃的气象，他一遍遍地问，人家国家为何就富呢？我的国家为何就穷呢？他一遍遍地问，我们国家能不能变富呢？怎么变富呢？他问自己，也问陈石锁，陈石锁一脸茫然，只是不停地挥动青筋暴突的拳头。

拳头！陈石锁用拳头打倒了络腮胡，要是我们的国家有这样结实有力的拳头呢？

过了几天，冯如、陈石锁被黄杞和表舅接出了牢房。原来是经黄杞吁请，由致公堂出面，用金条上下打点疏通，把他们保释了出来。致公堂是洪门的海外分支，总堂就设在旧金山，讲的是"和睦梓里，遵大道以生财，委诸同人，效居奇而乐利"，以团结华人为己任，替华人出面反抗当地流氓以及移民、警察、司法当局的欺凌，为此也与黑帮及政府部门建立了复杂的关系。致公堂里不乏能人，比如具体办这事的唐琼昌，毕业于旧金山肯特法律学院，并考取了律师执照，是为数不多的早期持有美国律师执照的华人。此人是冯如的恩平同乡，现为致公堂英文书记。

表舅在法庭上看到冯如脑后的辫子没了，这可是动了祖坟的大事啊！他诧异气恼得直跺脚，生怕冯如再生出什么乱子，坚持要冯如跟他回去摆摊。冯如一心想学英语，同时老觉得在表舅身边有一种说不出的憋闷，也不听表舅的，仍回到耶稣教纲纪慎会当童工，晚上读夜校。

这场官司对冯如刺激极大，使他心生一种深深的孤独感、漂泊感。

见冯如整日郁郁不乐，富于同情心的苔丝非常不安，一有机会就与冯如攀谈。她同意冯如说的，法官对这场官司处置不公，也同意这是由种族歧视造成的，也同意对华人的歧视是因为中国贫穷落后。在回答冯如提出的中国为何穷、为何弱，中国怎样才能变得富强起来的问题时，身为基督徒的苔丝小姐说，那是因为中国人不信奉上帝，中国要强盛就必须传播基督教。苔丝告诉冯如，上帝是天地万有的创造者，人类的福祉都是上帝的恩典，我们每个人都是带着原罪来到世界上的，原罪是人类一切罪恶的根源，人只有靠耶稣基督的救赎才能走出贫穷和黑暗。

苔丝看着冯如的脸色小心翼翼地说，我看到中国人并不信奉上帝，所以我听说唐人街充斥着吸食鸦片、赌博和嫖妓的恶习，所以中国人就没有尊严，中国就在贫穷落后的渊薮里痛苦挣扎，得不到拯救。

冯如忽然问，怎么能证明上帝的存在呢？

苔丝一愣，赶紧在眼前画了个十字，然后说，就像上帝创造了我们，我们不能创造上帝，上帝能看到我们，我们看不到上帝一样，上帝能证明我们的存在，而我们不能证明上帝的存在。但人类是上帝创造的，人类的存在就证明了上帝的存在。

冯如听了倒觉着挺新鲜，他想象着伊甸园和天国，想象着亚当、夏娃和上帝，但怎么也觉着这一切都在玄幻的云里雾里。怎么能证明上帝的存在呢？他无法帮自己解开心头的疑惑。

5

自从惹了官司，陈石锁就一直没来上课。络腮胡与冯如免不了磕磕碰碰，但也许是心有余悸，络腮胡倒也不像过去那么放肆。苔丝老想撮合他俩和好，又不见效果，这时她的恋人赫·威廉·尼里看她来了，苔丝这下像得了救星，要尼里帮着调解两人之间的纠结。尼里还真有能耐，在了解了事情的经过后，也不知道跟络腮胡都讲了些什么，络腮胡与冯如再相遇时，眼里的敌意少了许多。

尼里二十来岁，是位于旧金山以南的巴萨迪那市的加州理工学院的学生。此后尼里再过来时，冯如总要找机会跟他在一起。这位身材颀长的白人大学生学的是工艺技术，知识面很广，对人也很友善热情。冯如从他那儿得知，旧金山半个世纪前还是个不足千人的偏僻小镇，1848 年，一个木匠建造锯木厂时在推动水车的水流中发现了黄金，由此招来了大批的淘金者，创造了一座城市的神话。冯如还从他那儿得知了华人劳工在旧金山发展中做出的贡献，以及遭到的种种不公和歧视。尼里告诉冯如，华工挖金矿筑铁路付出血汗后被逐，除了老板唯利是图外，还有更复杂的原因。华人虽然体格瘦小，但干繁重的体力活很能吃苦耐劳，而且要价低，通常情况下老板更愿意雇用华工。失业的白种工人，主要是爱尔兰人，认为是华工抢了他们的饭碗，加上生活习性和语言的隔阂，嫉妒与排斥乃至敌视交织在一起，形成了种族隔膜与歧视。而一些为富不仁的老板为了转嫁劳资矛盾往往故意从中挑拨是非，更起到了推波助澜的作用，比如前些时候一个煤矿闹罢工，老板暗地里雇用华工从中搞破坏，那边又把消息捅给闹罢工的白人，结果以华工被杀结束了这场罢工。

冯如同尼里在市郊一片野草茂盛的撂荒地上放着风筝。

冯如说，可是政府和法官也歧视华人，这不公平。

尼里扯着风筝线，说，美国是白人的国家，你没听说《排华法案》吗？白皮肤就是歧视华人的理由。听说华人被杀，华人的房子被烧，中国政府也曾向美国交涉，白宫和国务院连理都不理。

于是冯如又提出死死缠绕在心头的问题，即中国为何穷、为何弱，如何才能改变的问题。

尼里的蓝眼睛里浮现出梦幻般的色彩。他驰出一段线，把风筝放得更高，不紧不慢地说，中国是一个文明古国，我读过《马可·波罗游记》，在他的笔下，几百年前中国的发达繁荣是西方不可比的，造船、烧瓷、铸铁、制糖的技艺都很高超，说中国那时就有两百万人口的城市，而当时欧洲最大的城市居民也没超过五万人。那时在生活中模仿中国人是西方人的一种时尚。

冯如追问，那现在中国为何落后了呢？

尼里说，现在中国落后了，甚至可以说是衰落了，什么原因我也说不清，我想可能是蒸汽机发明后，尤其是电机的使用，西方实现了大机器生产，中国没跟上趟儿吧。

讲到机器，冯如就想起最初看到汽车时的惊讶心情，与家乡的牛车相比，那家伙跑得多快呀！

机器到底能有多大的能耐呢？机器的奥秘何在呢？总是带着强烈好奇心和冒险欲望探究着这个世界的冯如被深深地吸引住了。在他的要求下，苔丝和尼里领着他去了纺织、皮革、煤矿等厂矿，一边看隆隆转动的机器，一边由尼里讲解机器怎样在蒸汽机和先进的电机的带动下工作。工厂有的在市区，有的建在近郊的农田或森林边上，有次从一家面粉加工厂出来，正穿过一座葡萄园，忽见一匹健壮的枣红马拉着大车狂奔，车夫被甩了出去，车上的葡萄抛了一路。原来，枣红马是受到了一辆冒着滚滚黑烟发出巨大吼声的蒸汽拖拉机的惊吓。

一人耕能养百人，一日所工，能给百人食，冯如想起家乡吱吱呀呀的牛车，心头被狠狠地蛰了一下。

尼里说得对，美国所以富强，是由于工业发达，而工业发达，就是仗着使用机器。冯如想清楚了，要挽救贫弱至极的中国，非得采用机器生产和先进的科学技术不可。想起法官的武断，想起红脸虎的狞笑，想起陈石锁的无助，想起表舅的低三下四，想起所见所闻华人被蔑视的故事，他暗下决心，一定要学懂机器制造。

冯如的天空又升起了那朵边缘闪烁着毛刺刺金焰的红云。

6

转眼之间，冯如在耶稣教纲纪慎会已经做了四五年童工，这四五年他一直在工余学习英语，自从立志于机器制造，他学习更加发奋，渐至用英文读写和对话都无碍，并借助字典自学了不少机械和电学方面的书籍。听说位于美国东海岸的纽约科学技术最发达，机器制造工艺最先进，便萌生了去纽约的想法，他把想法告诉黄杞和尼里等人，托他们帮着在那边的工厂找个事做。

入夏后的一个下午，表舅来看冯如，这次带来了一封家书。这封家书一如以往，说冯如寄回去的钱收到了，说爹娘如何念儿，娘常在夜里流泪，说爹沉疴在身有时甚至卧床下不了地。不同以往的是，这封家书提醒冯如，他已经长大成人了，该到归家完婚的年龄了，并说已代他相好了亲，且与女家换了龙凤帖，即订婚书。"从兹缔结良缘，喜为佳偶。尝谓天造地设，早经牢系赤绳；意投情合，行看永偕白首。花好月圆，欣燕尔之将咏；海枯石烂，指鸳侣而先盟"，云云。家书最后说，爹的身子是越来越不中了，不指望枯树开花，只盼能在有生之年，眼见阿如你成家生仔，这辈子便知足了。

冯如不想结婚，拒斥由爹娘包办的婚姻，他羡慕美国自由婚姻的浪漫气息，不想娶一个自己从未见过面的人做媳妇。他对未来已经有了打算，他要学习机器制造，但他想也该回家看看爹娘，看看哥哥，看看冯树义老先生，看看儿时的伙伴了。他想回到村里田间跑跑，听听乡音，嗅嗅家乡的泥土味儿，嗅嗅家乡混合着炊烟柴草牲畜水汽土性的空气。他辞掉耶稣教纲纪慎会的活计，决定回国一趟。与苔丝和尼里告别时，他把一艘手工做的双桅船送给了他们。

启程回国已是年底了。临行的前一天晚上，黄杞、谭耀能、表舅吴英兰，还有陈石锁，又聚在张南的餐馆，为他饯行。与其说是饯行，不如说是要随冯如往家乡远行捎走一份念想和寄托。席间全是讲的家乡旧事新闻。几杯高粱烧下肚，一直闷声不响的表舅喝得有些高了，兀自哼起了家乡的木鱼歌。

瓦面漏水屋无门，

愁了闷了怎样算？

床板又长席又短，

狗屁成揸虱姆成团，

衫纽崩齐裤打结，

无人料理几寒酸……

歌声凄楚，冯如看到表舅流泪了。表舅在这几年里又曾回去过一趟，仍未得子嗣，而今脸上沧桑纵横，背也驼了，才三十大几的人，便透出了晚年的心境。

三、嫁公鸡（1899—1900）

公年十六，奉父母之命回国与梁三菊女士结婚。

——牛江镇莲塘东闸杏圃太宾房冯氏世系表

1

轮船在广州码头下锚靠岸。

码头上很繁忙，许多搬运工正从一艘洋货轮上卸货。他们吃力地走过颤巍巍的跳板，把沉重的大木箱背到一个用竹竿竹席搭起来的棚子旁，那儿马上就有人一边收银子，一边把货分发给急吼吼等在那里的商贩。冯如知道那些沉重的木箱装满了鸦片。棚子的另一侧山一般地堆着蒲包麻袋竹箩柳筐，上面标明是生丝茶叶棉花大豆。冯如长叹了一口气。出了码头，走进闹哄哄的街市，满眼是洋货广告五颜六色的张贴和招旗。一个衰仔嘴叼纸烟，手里还举着一盒，追在人的屁股后头，要人们品尝，说抽这纸烟妙不可言，吞吐时眼前会变出白皙高挑的西洋女郎，那滋味是抽水烟没法比的。

冯如在客栈住了一夜，第二天从大沙头乘上去开平三埠的花尾渡。大凡到旧金山谋生的华人，不管在外面受了多少气，吃了多少苦，活得是人是鬼，回国时都是要讲体面的，尤其是准备办婚事的，都要带回几箱乃至十数箱西洋物品，摆不起这个排场好像就没资格回国，许多人因此一辈子也回不起国。冯如也带回一些西洋物品，但一来他是童工，收入菲薄，这次回来还得到表舅的资助，二来他也不在乎什么排场不排场，因此他只带回一只木箱，除了洋点心外，有给爹娘和哥哥做衣服的洋布，给哥哥的一顶凉帽和一双回力鞋，给冯树义老先生的一只自鸣钟，还有一些香皂、洋火、巧克力等稀罕玩意儿。至于未来的新娘子，冯如压根儿就没想结婚，本不想给她带东西，可又于心不忍，便也给她带了一块精纺的洋布料。

这花尾渡因船头船尾绘有五彩云纹而得名，又因由小机帆船牵引，俗称老鼠拖牛。冯如乘着它经白鹅潭，过顺德出西江至江门，沿着潭江至开平三埠，再换乘帆船到恩平蒲桥。到了蒲桥，乘小舢板驶入莲塘水道。

与大洋彼岸的旧金山相比，沿水的故乡在冯如的眼里是那么破碎贫瘠，又是那么清新秀美；是那么黯淡沉滞，又是那么温暖亲切。自从踏上故土，冯如的心情也是这样阴阳参半，但始终带着一股劲儿，他感觉到了整个大地都在躁动，在像船夫拉纤那样低吼，像大海中的轮船在汹涌的波涛中挣扎前行。

乘船走了两天两夜，从莲塘村的一个小渡口上了岸，晌午时分，来到杏圃村的村口。

绕过村边的池塘，冯如几乎是跑着到家门口的。最先迎上来的是一只黑狗，而不是当年的那只黄狗了。黑狗叫唤了两声，就听娘说，是阿如么，阿如回来了么？冯如说，娘，是我回来了。说着就到爹娘跟前了。娘拉着冯如的双手，端详着冯如的脸，泪水就下来了。又退后两步，一双泪眼从上到下打量着冯如。娘说，阿如长高了，长结实了。又说，阿如还那么瘦啊，阿如在番夷吃了多少苦哇。爹在一旁抹着眼泪连连点头。冯如问，爹的身子好些了吗？娘说，好多啦，得知你要回来病就见轻了。

说着娘把冯如拉到桌旁坐下，从桌上的竹篮里拿起一块烧饼叫冯如吃，说，这烧饼经不起放，逢圩买来，等不到你回来就吃了，已经买了好几趟了。冯如接过烧饼咬了一口，顿时，那香甜酸涩，家乡的滋味一个劲儿地往胃里走，往腮腺上走，往心里头走，眼里就泛起了泪花。

这烧饼为恩平独有，俗称恩平烧饼，以糯米粉、冰肉、芝麻和黄糖为原料，入口软香鲜美，甜而不腻。恩平烧饼制作历史已有五百年，在当地是美食，在外也有誉名，恩平人外出必带此物做礼品。从当地婚俗更可看出此饼的名声，当地包办婚姻有烦琐的"六礼"，即纳彩、问名、纳吉、订婚、行聘、迎亲，在男女双方交换庚帖订婚后，男方得选择良辰吉日到女家行聘，女家受礼后回谢，叫回盘，这就算板上钉钉，等着迎亲了。这聘礼中的头一件龙凤礼饼，就是恩平烧饼，女子出嫁因此也叫作领饼。恩平烧饼的滋味在冯如记忆中是与逢年过节混在一起的，爹到圩上做买卖偶尔也带回几块，那又成了冯如和哥哥的节日。

冯如狼吞虎咽地吃着烧饼。娘说，你知道的，家里已跟那边定了亲，聘礼也备下了，就等你回来行聘娶媳妇了，我跟你爹想年前把喜事办了。

一进家门冯如就看出来了，两间正房已经过修缮，床、桌子、梳妆台都打了新的，老家当都挪到偏厦去了。

冯如停住咀嚼，说，爹，娘，我不想结婚，虽说父母之命，媒妁之言，但总还得相个亲，我连她长的什么样都不知道，怎好就娶她了？

娘说，你没见过，你爹和我还没见过呀，她人长得喜兴，又能做事，又懂事体，竹林村那边的人都夸她，那还不是百里挑一呀。

爹从烟锅里磕出烟灰，说，红门对红门，竹门对竹门，她爹她娘老实厚道，那是个好人家。

见冯如不说话，娘又说，你爹身子越来越不中了，你嫂子是家中的独女，你阿哥成家住她家后，我是又忙里又忙外，来个人也好多个帮手。

正说着，爹咳了起来，咳着喘着还带啸声，脸涨红像猪肝，腰一个劲儿往下勾。冯如赶紧起身给爹捶背，郁郁地说，要是我看不中怎么办？

娘说，要知道你看不中，我们还敢下彩礼和聘金给你订婚呀？

爹止住了咳，说，家里跟那边讲好了，你行聘时也算是相亲，若有一方看不中，这几十元的聘礼就算白送，也不枉人家等了这些时日。

行聘一般是在结婚前几日，两家能破例把事做得如此周全，冯如一是感动，二是心里也有了数。不知怎的，这时他突然脸红耳热起来。他掩饰着说，明儿我到镇上给爹请个郎中去。

在爹娘催促下，冯如依约到岗坪堡竹林村女方家行聘。除了礼金，冯如还带去了十手烧饼、十斤牛肉、十斤鲜鱼、双鹅双鸭，还有酒、槟榔和菌青。

　　冯如在女家村头的竹丛旁看到了那个叫梁三菊的女孩。事情进展得很圆满，冯如一下就在心里认可了。其实两人相隔十来米远，加上心里有些慌乱，冯如并没看得太清，只能说对女孩有个朦胧的印象。但又不能说看得不深，他的目光带着爹娘对女孩的夸赞生发出的想象，从女孩含羞的面容、匀称的身材和不紧不慢的行止中感受到一种清澈的气息。尤为让他心动的是，他看到女孩低下头笑了，笑得那么安静。

　　相亲的当日下午，冯如带着自鸣钟跑去看冯树义老先生。几年未见，老先生的皮肤越发糙得像老树的树皮了，两颊也深陷进去了。冯如自然是高大了一圈。形貌改变激起的命运回忆和无尽感慨，自然激荡起说不完的话，包括冯如要成婚的事。当冯如说到再去美国，要去工业发达的东部城市纽约学习机器制造时，老先生用戒尺重重地击向左手心，大呼一声，好！中国欲自强，则莫如学习外国利器；欲学习外国利器，则莫如觅制器之器，师其法为之上也。

　　说着说着，冯如就坐不住了，说着说着，又站不住了，说着说着，在屋里来回走动又觉得逼仄了。他的目光落到了几年前送给老先生的两只脸谱风筝上。持着一根油滑黑亮的桃木戒尺过光棍日子的老先生还能揣摩不到冯如的心境？他满脸欢喜地叫冯如摘下墙上的风筝，抖去尘灰，拉着冯如出了阴湿狭小的蜗居。

　　一老一少又颠簸在当年的田埂上。两只暴眼眦目的脸谱风筝在空中哗哗喧响。一个苍老的嗓音和一个年轻的嗓音在清风中奔跑、追逐。

41

四翅在空中，风雷响亮冲。

平地征云起，空中火焰凶。

金棍光辉分上下，锤钻精通最有功。

自来也有将军战，不似空中类转蓬……

那朵闪烁着毛刺刺金焰的红云在冯如的天空飞啊、飞啊，一直飞进了冯如的梦乡。

2

这边行了聘礼，就等着迎亲了。家里该办的爹娘早已办妥，这几年冯如汇来的钱爹娘平时舍不得花，这回全用到了冯如的婚事上。冯如很感激爹娘，但在婚俗仪式上还是同爹娘较了劲。冯如要求免去打花轿、跨黄茅草和乱房打新娘这几样。这不是闹着玩的。爹娘问，为何要免去这几样？冯如说，那样愚昧野蛮的行为有什么好？就是捉弄人、难为人，甚至是侮辱人，太不文明了。爹娘说，这是祖上传下来的规矩，你破了规矩会惹人耻笑。冯如说，祖上定规矩的时候，就破了祖上的祖上的规矩。你看人家美国人的婚礼，是极神圣、极美好的，没有我们这些乌烟瘴气的规矩，我最讨厌这些不尊重人的东西。爹娘说，谁不讨厌，但又见谁果真敢破了这些规矩呢？冯如说，旁人不敢破我敢破。婚仪中的愚昧野蛮让人不堪忍受，我听说早在宣统年间，县内就有一些有识之士倡导革除陋俗，树立新风，莲岗堡也做出响应，订立了一些民约乡规，终因旧习根深蒂固，没能坚持下来。但陋习终是要破的。

42

冯如从小就有主见，认准的理就要扛到底。爹娘知道拗不过，只得由着他去。冯如向村人告示了自立的规矩，村人怎么看怎么说他全然不顾。

迎亲前一日，家里在门前池塘边的晒场上摆起流水席，按习俗宴请亲友邻居和族人。杏圃村一色的冯姓，周围的莲昌、莲梅、东河几个村子也都是一色冯姓，说得着的亲戚族人居多，冯如要求从简，来者自来，不发专帖邀请。

但冯树义老先生是要请的。这位老先生却带来了坏情绪。席间，他与另一位穷教书的三杯酒下肚，就谈论起国事，从康有为在美洲组织保皇会，说到光绪帝到底还在不在人世；从百日维新的失败，说到谭嗣同等六君子惨死菜市口，说到谭嗣同写在牢墙上的绝命诗。

"中国要亡了！我大清国要亡了！"冯树义酩酊大醉，用戒尺敲打着桌子，一忽儿大骂慈禧太后顽固守旧，昏庸无能；一忽儿痛诉奸臣当道，丧权辱国；一忽儿大呼圣主光绪冲破云封雾锁，再登金銮殿，挽我大清国于既倒；一忽儿又伏在桌上呜呜地哭，突而又昂立起来，举起干柴似的双臂大喊大叫，"老天呀，你就塌下来吧，你就把我们这些不肖子孙都砸死吧！我受够了，我这把老骨头受够了！"

冯树义这一闹，把冯业纶和吴美英搞得很紧张，生怕这种恶劣的情绪会给婚事带来晦气。冯如与阿哥冯树声跑来跑去应酬忙活，听着两位教书先生的话，心里就想着旧金山华人的处境，胸口直觉着发堵。

太阳西沉的时候，冯如送冯树义回家。冯树义踉跄着脚步，一吊辫子在背后晃荡，嘴里呜哩呜噜一路念叨着：报国恩，救君难，除旧党，建大业，天将降大任于我辈，我得走了，我得替天行道去。

3

翻过夜，就到了迎亲吉日。这一日，天高云淡，阳光如花，山水都绘成了彩画，鸟雀都飞成了凤凰。

到了午后申时，新娘梁三菊坐着花轿，在彩旗簇拥下，伴着八音鼓乐来到冯如家门外的晒场。新郎冯如快步迎上去"踢轿"。不是真的用脚去踢，是用纸扇在轿门上轻叩一下。一名妇女随之打开轿门，背出新娘，又立即有人撑开喜伞遮护。走到家门口，一个"细蚊仔"迎住，用双手把新郎家的门钥匙捧给新娘。新娘入房，用帘子遮住匿在一角。该"上头婆"大显身手了，她大把抓起红枣、花生、桂圆、莲子，还有糖果和黄榄，抛向空中，撒到床上，边撒边唱"四个床头四个果，四个哥仔团团坐……"，"细蚊仔"们蹬踏着婚床上簇新的被褥抢成一团。当"上头婆"唱到"满床仔，满床孙"时，抢床角果的"细蚊仔"生怕让自己顶作新人的儿子，马上齐齐地跟着唱，"满床爷爷，满床大爹"，引起一片嬉笑声。

晚间备薄酒，俗称夹房酒，男性老幼聚饮。酒后闹新房，又叫乱房。新房内，龙凤烛啪啪燃着，新郎和新娘交拜，而后新郎坐在床上，新娘跪到地上，充任司仪的"床头公"唱起恭祝夫妻百年好合、早生贵子的夹房歌。"金打锁匙银打链，银壶斟酒似条线呀，线对线，莲对莲，莲子开花花结子，结子开花千万年。"众人和，"呜嗬"。接着，闹房的宾客也唱了起来，"新郎长久望，望久得成双，今晚织女会牛郎，好似云开见月朗，满天光，欢喜难尽讲，良缘得

44

遂心头爽，情郎爱妹妹爱郎"。一首唱毕，众人和，"呜嗬"。你一首，我一首，唱的都是赞美祝贺之词，也有诙谐打诨之语，甚是热闹喜兴。

"床头公"见夹房歌唱得差不多了，便唱起一首颂歌，由新郎新娘饮合卺酒，俗称递双杯。

等各项仪式结束，送走宾客，已是下半夜了，新房里只剩下冯如和三菊。

空寂的新房里弥漫着紧张羞涩的气氛。冯如现在最想做的是近距离实实在在地看看三菊。那天相亲只看到一个模糊的印象，刚才为新娘脱去俗称花棚的蒙面巾，露出莲花骨朵般的两腮和一双水灵灵的大眼睛，可那一瞬间倏然幻飞而去，冯如看到的三菊仍然远远地飘浮在闪烁着金焰的红云上。

这会儿三菊背身静静地坐在梳妆台前。

十四为君妇，羞颜未尝开。低头向暗壁，千唤不一回。冯如心下念着李白的诗句，其实，他知道三菊比自己还大一岁呢。

下轿的时候，你怎么不打我的头哩？

沉默中，还是三菊打破了寂静。按规矩，新娘下了轿，新郎要用纸扇在盖着头巾的新娘头上重重地敲击一下，有些不自信的新郎官下手极狠，能在新娘头上打出一个大血包，让她带着疼痛记住丈夫的权威。倘若新郎动了恻隐之心下不了手，反会遭到旁人的讥笑和家人的责备。

你也没惹我，我干吗要打你？反倒似冯如明知故问。

过你家门槛时，怎没见到火燎燎的黄茅草哩？三菊又问。新娘临门时，门槛边横放着一根两头削尖的竹竿，前面还有一堆呼呼燃

45

烧的黄茅草。跨黄茅草怕火烧着固然可怕，但那只是为了增加跨竹竿的难度，跨竹竿才真的要打醒十二分精神，如果踩到了竹竿，就成了夫家的灾星，在村里一辈子也别想抬起头来。

你要踩中竹竿，我往后不得胆战心惊地过日子呀？反倒像冯如过了一坎。

那我再问你，花轿进村时，怎没见人追打？晚上闹房时，也没见谁难为人哩？此为三菊第三问。但凡花轿来到男方村头，早已守候道旁的大人小孩会一拥而上，手持竹枝树条追着花轿一阵胡抽乱打。晚上闹房，新娘又要任人鞭打脚踢，饱受皮肉之苦。据说此为古代抢婚习俗演变而来，新娘如果不被打，驱除身上的污秽之气，就会留下祸水之隐患。这下手的轻重就难有分寸，新娘身上往往被打得青一块紫一块，夜里得由新郎用抚慰话去上膏药。曾有新郎仇家暗地里买通打手，趁机狠下毒招，把新娘打伤打残，甚至闹出人命。

你不是我抢来的。我们换过龙凤帖，我是明媒正娶。三菊的三问，问得冯如心里发颤。三菊的三问，帮冯如问出一个聪明的女子，问出一个与自己心心相通的知情达理的女子。

三菊静静地转过身来。三菊姣月般的脸庞仍然半遮在红云里。

下弦月在天井里秘密地移动。冯如和三菊迈着退二进三的脚步沿着古老幽径走向欢秘的去处。三菊前两日被关在家中"打阁"，从"意婆"那里学得当新娘的知识，今夜这一路总是由她领着。这一路时而奔跑追逐，时而躲闪寻觅，时而执手投赠，时而隔雾相盼，直走得日出东方，春风化雨，与娇娇红花一道在三月的寒峭中热烈开放，与潺潺流水一道在跌宕的山石间欢快奔腾。

4

成了亲，冯如就像那些回乡探亲的游子一样守着爹娘尽孝道了。这尽孝道，无非是守着爹娘伺奉照应，亲好力具；无非是父母呼，应勿缓，父母命，行勿懒。此外，还有个传宗接代的头等大事，冯如对此倒不甚经意，倒是娘吴美英整日对三菊观察考量，口传心授，隔三岔五带着三菊去算卜问卦，拜佛求子。

冯如专意的无非是读书。忙了家务农活，冯如就抱着本书埋头苦读。除了从美国带回的书籍，读的书多是《方圆阐幽》《中西数学通》《化学鉴原》一类国人的科技著述和译作，也读维新派改革派撰写的书籍和办的报刊。这些书籍报刊都是他从四处找来的。距杏圃村四五十里地有个歇马村，明清两代就出过六百多功名人士，功名石碑和旗杆林立，号称举人村，有着浓厚的文化气氛和经事济国传统，冯如往那儿跑得最勤。

这一日冯如到歇马村的一位梁先生家还书，恰逢几个人在谈论国事，说山东反洋教的义和团闹到了京城，俄、英、美、日等列强组成联军追杀义和团，所到之处杀人放火奸淫抢劫，无恶不作。说是番鬼已经攻陷了天津，现今正攻打皇城，也不知情况怎样，恐怕是凶多吉少。

回到家，冯如问三菊去没去过省城，三菊摇头。冯如说，走，明天我们到广州玩去。三菊兴奋得使劲点头。

冯如急着了解时局的变化，翻来覆去一夜没睡好觉，第二天天没亮，就带着三菊出发了。

到了广州，他领着三菊到热闹的街市转悠。店铺一家挨一家，他们看了东家看西家，三菊被琳琅满目的商品弄得眼花缭乱，冯如却嗅到了广州怪异的气味。正寻思呢，忽见一队清兵押着一个五花大绑浑身是血的人横冲直撞喧嚣而来，人们纷纷向街边避让。待清兵过去后，只见人们三五成群神色紧张地议论着什么。冯如买了份《安雅报》，领着三菊进了一家面馆，要了两碗面。等面的时候，边看报纸边竖起耳朵。很快就弄清楚了，原来京城已被八国联军攻陷，慈禧太后出了皇宫一路西逃，这当口有个叫郑士良的逆党在惠州三洲田揭竿造反，要趁乱世推翻清政府，这支反匪连着攻打新安、深圳等地，十多天内就发展到两万多人，但终被两广总督德寿派兵打散了，这些天清兵正到处抓人呢。

冯如心头掀起了狂风恶浪。皇城沦陷了，国家要亡了，这中国人还有什么出头之日，往后不就更是任人宰割欺凌了嘛！他的眼前晃动着红脸虎狞笑的面孔，又觉得那个什么郑士良也是可恨，外国人都打到我们皇城了，这当口你添什么乱呀，有本事你打外国人去。面对复杂险恶的乱局，冯如又是悲愤又是困惑。他不知道，三洲田起事是孙中山领导的第一次真正意义的起义，更不会想到自己有朝一日会成为国民革命军的一员。

晚间，冯如领着三菊看了一出南戏。他已决意尽早返美，为救国尽早学懂机器。想着与三菊在一起待不长了，感到对不起三菊，要尽可能带她多见识见识。

戏名叫《清忠谱》，说的是明末东林党人反对魏忠贤阉党残暴统治的故事。当苏州阉党为巴结魏忠贤，建造起魏氏"生祠"，遭到东林党人周顺昌闯堂痛骂；当魏忠贤派到苏州捉拿周顺昌的校尉遭到当地民众痛殴时，台下掀起一阵阵叫好声。当魏忠贤发话要杀光苏州市民，颜佩韦等五人为保全城百姓自首就义时，台下嘈杂一片，斥骂奸臣弄国，欺压百姓。当魏忠贤势败，苏州市民在捣毁的魏氏生祠上安葬颜佩韦等五人的遗体时，场内鸦雀无声，笼罩着悲愤的气氛。随着剧情演进，冯如想起冯树义大骂奸臣当道、丧权辱国的话，想起黄杞怒斥清政府赔款割地、腐败无能的话，不知为何还想起郑士良造反被镇压的事。冯如说不清其中的是非曲直，只是感到悲戚、痛苦和绝望。

夜住客栈，冯如心事重重，眉头紧锁。三菊知道冯如急着要去美国，但似乎需要安慰的不是自己，而是冯如，便像哄孩子一样哄他。冯如感到三菊的身子单薄，眼睛一阵潮热。三菊更慌了，想着法子逗冯如开心。

三菊说，相亲那天你只远远望我一眼，怎就敢下聘礼哩？见冯如不搭腔，就绘声绘色讲起一个故事。

从前我们恩平有个小伙儿，长得英俊，人又精明，到了成婚年龄，媒婆踏破门槛，却没有一个姑娘被相中。这天他又跟媒婆去相睇一个姑娘，隔着十步远，小伙子见姑娘长得如花似玉，宛若天仙，还背着一捆干禾草，能勤劳持家的样子，就满心欢喜地点了头。哪知道，到了洞房花烛夜，小伙子一下跌进了冰窟窿。

三菊扑哧笑了，问，你说这是怎么回事？

冯如说，那女的行路似弓，睡觉像船，是个驼背。

三菊说，你就不怕我是个哑子、聋子，是个睁眼瞎啊？

冯如说，你不还是个大脚吗？我就怕你裹了小脚，下不了田，走不得路。

见三菊羞得低下头，冯如又说，我也要问你，当时两家换龙凤帖定亲时，你怎么就不怕嫁给大公鸡呢？

这是三菊心口的痛。按本地婚俗，家里帮远在海外的男子订下婚约，到了婚期男子若回不来，就选一只大公鸡代替新郎参加婚礼，由大公鸡同新娘一道拜祖先、拜天地、拜父母。而后，新娘要与被绑着的公鸡一道入洞房，共度"良宵"。婚后如果丈夫三年五载没回来，妻子可领养一个男孩，叫作养螟蛉子。

三菊说，要说是我命好呢，当初由不得我的。

冯如越发觉着对不住三菊，要把想说的话说出来。便说，我的命里有什么还说不好，万一有个三长两短的也说不好。

三菊大惊失色，一把捂住冯如的嘴。又扭过头去，拼命地往后扭着身子。冯如感觉到膀臂上温热的眼泪，直悔自己说的话不中听。

眼泪唤醒了今日在街头遭遇的昏天黑地的场景和传闻，冯如的心情忽地又一落千丈，木木地坐在床边发愣。

第二天，冯如跑到码头买了张十多天后去旧金山的船票。

四、飞行者（1900—1905）

目睹美国工艺之精，心向往之。尝谓国家富强，由于工艺发达，而工艺之发达，必有赖乎机器，今中国贫弱极矣，非演习机器不足以助工艺之发达。于是东至纽约埠，专学机器。教师见其年少颖悟，免收学费。冯君益加勉励，苦心孤诣者十年，于卅六种机器，无不通晓。又复自出心裁，发明拔水、打桩两种机器，最适于用。其尤出色者，则所制之无线电机，能发能收，电码灵敏，西人向其购造数副，至今犹存。

——广州《时事画报》，1912 年 9 月号

在美国东部最大的一所船厂当了一段时间工人，通过实践充实自己所接受的技术知识。今天使用的机器，他很少有不懂的。

——《旧金山星期日呼声报》，1911 年 3 月 19 日

1

冯如老远就看见表舅端坐在杂货摊后面。表舅一身深褐色衣裤，线条僵硬的脸上毫无表情，冯如立刻想起木刻画，表舅就是木刻画里的人物。

直到冯如喊了声舅舅，表舅才看到冯如，他眼睛一亮，身上倏地蒸起一股活气，赶紧起身收摊子。

冯如把行李搁到板车上，吱吱嘎嘎地推着回住处。冯如迫不及待地打听纽约那边的音信，表舅磨叽了好一阵子，才说，那边人生地不熟的，怕是更难。冯如知道表舅不想让自己离开他，便说，我先去纽约试试，做得好，你也过去，做不好就回来。表舅摇头道，这边做惯了，不挣钱，总还能挣个肚子，熟人又多，平日里总还有个照应，到了那边，是灾是祸，都由不得自己。

冯如就转换话头，讲回国后的见闻和感触，讲表舅家的情况，讲自家的情况，讲自己的婚事，讲八国联军侵占京城，讲暴民趁机在三洲田造反，却再也不提去纽约的事。其实表舅也知道，不管纽约有没有消息，冯如铁定是要去纽约了。

晚饭后，表舅拿出一封信，信是黄杞从纽约寄来的。说起来还是受到冯如的启发，在冯如归国期间，黄杞向洪门下设的堂会借贷了一笔款子，跑到纽约开了一家公司，由于他身怀多种机器维修技术，且手艺精湛，公司很快就打开了局面，与纽约一家造船厂签订了长期业务合同。信中说，他可以在造船厂给冯如找个事做，让冯如到美国后速去纽约找他。

第二天，冯如就启程去纽约。

冯如是乘火车通过横贯美国东西部的铁路大动脉去纽约的。随着火车在崇山峻岭中的长长隧道和悬崖峭壁间穿行，便想起听过的建铁路的故事，想象着筑路的辛劳艰险，尤其是途经西部的塞拉山脉至内华达山脉之间的几十条隧道和几十座桥梁时，冯如仿佛看到那些衣衫褴褛的华工挑着灯笼，用铁锤和铁钎在坚硬的褐色花岗岩上一寸一寸地开凿掘进；仿佛看到他们用镐和锹，靠肩挑土筐，靠手推小车填平山谷铺设路基；仿佛看到他们把自己拴在吊篮里，从山顶上用绳索吊下来，悬在半空凿壁填塞火药，点火后被迅即往上拉着撤离。

此时正是冬季，透过车窗冯如看到山崖上的一块积雪坍塌下来，他惊异地看到坍塌越来越大，整个山头都在轰隆隆坍塌，雪崩裹挟着一个手里紧握镐头的华工冲下深深的峡谷。泪水霎时模糊了冯如的视野。

过去从旧金山到纽约须乘船绕行南美洲合恩角，最快也得六个月，而今乘火车只需七八天。

2

到纽约找到黄杞，黄杞就带冯如去造船厂，冯如工作的事他早已跟厂方打过招呼。

这是一家大型造船厂。进了厂区，现代工业气息扑面而来，迎面是一座一二百米长的船坞，起重机的吊臂正吊着设备缓缓移动，电动排水泵在轰鸣着排水，运送货物的车辆来来往往，散布在一艘巨大船体上的工人们正忙着镶嵌、焊接，团团焊花扎人眼目。抬眼环顾，远远近近错落着厂房、吊臂、船桅，一座座烟囱吐出浓烟在天空汇成汹涌的河流，机器的冲击轰鸣声远近交织，一派生机勃发的气象。

来到船厂的机械厂，先找到一位技术员模样的人，由他领着去见经理。经理穿一身深色西装，打蓝色领带，戴一副金丝边眼镜，头梳得油光光的。他打量了一下冯如，便向黄杞交代冯如工种的事，听意思是要把他放到铸造车间。

冯如站在一旁，目光正好落到桌面的一张图纸上。这是一张待造蒸汽机的图纸，冯如就凭着从书本上和尼里那儿学到的知识琢磨起来。经理注意到了冯如的神态，就不无戏谑地指着图纸问，你能说说这是什么吗？

冯如用流利的英语说，是推动轮船行进的蒸汽机。

哦。经理拊掌看了黄杞一眼，又饶有兴致地问冯如，你能说说它是怎么推动的吗？

冯如上前一步，比画着图纸说，以火蒸水汽灌入筒，筒中有三窍，闭前两窍，则汽入后窍，其机自退，而轮行上弦；闭后两窍，则汽入前窍，其机自进，而轮行下弦。火愈大则汽愈盛，机之进退如飞，轮船也航行得飞快。

这是冯如的中文理解，他是按这个理解用时显生拗的英语表述的。

意思是这个意思，但有趣的表述让经理忍俊不禁。经理又从头到脚把冯如重新打量了一番。经理改变了主意，说，你去制造车间吧。又拍拍冯如的肩说，小伙子，好好干。

冯如很兴奋，返回途中，一路上都在谈自己的憧憬和理想。

黄杞一路鼓励他，说，你的想法好，国内许多人主张实业救国，曾国藩、李鸿章等人大举洋务，引进西方机器设备和科学技术，至今已在全国各地创办了军火、造船、采矿、冶炼、运输、纺织等一大批企业，但人才奇缺，你把技术学到手，将来回国大有用武之地，定能实现为强盛祖国效力的抱负。

冯如说，如能学会造船，将来回国就能造兵舰，造出最先进的兵舰，就能御侮于国门之外了。

到了制造车间，冯如没有固定工种，干的是打杂跑腿的活，把蒸汽机部件的图式拿到木模车间放大样，然后拿到铸铁车间铸坯，拿到锻铁车间打制成器，拿到轮机车间刮磨合拢，拿到制缸车间配制铜管等。冯如身穿背带裤工装，戴一顶鸭舌帽，颠儿颠儿地，谁支使他他都乐意。这活正中冯如下怀，他每跑一道工序，都站在一旁留心揣摩。他本来就是为学习而来的，这活儿接触的工种多，能学到更多东西，几次为他调换工作，他反倒不干，都以巧妙的借口避过了。

冯如对每道工序都很上心，怎么成坯，怎么车光，怎么校准，怎么刮磨，开始是观察，跟师傅混得熟了，也动手操作。他格外上心的是机器的构造和原理，尤其在机器组装时，总是刨根问底提出一连串问题，回去也常向黄杞求教。晚间便如饥似渴埋头读书，内容涉及广泛，什么轮机、电工、无线电、金属材料、铸造，以至数学和工程学，只要与造船有关都学，胃口极好地吞咽着知识和经验，他的床下和放衣物的木条箱子里全是书。冯如聪明好学，人又谦虚勤快，干活时常帮着打下手，师傅们都喜欢他，乐意回答他的问题。

渐渐地，师傅们遇到什么难题，也有反过来请他帮助解决的。时日一长，冯如同不少师傅交上了朋友。

最说得上的要数铸铁工比尔·萨克斯，这位英格兰后裔长着一颗圆乎乎的秃脑袋，粉艳的酒糟鼻上，细眯眼飞闪飞闪的，嘴角总挂着笑，一看便知是个乐观快活的家伙。比尔裤兜里揣着个锡质小酒壶，工间喜欢抿几口小酒，也许是翻砂的活儿太粗，闲时也喜欢捣鼓些精巧细密的手工活儿，用胡萝卜似的粗手指缝个布袋、捏个泥人什么的。见冯如做了个风筝，就向冯如学做风筝，后来又学做风车、汽车、帆船、轮船，工余反倒成了冯如的徒弟。

接触多了，冯如了解到工人们生活的艰辛，整天与快速转动的齿轮绑在一起，上厕所的工夫都没有，有的疾病缠身，弄不好还要遭工头打骂，工资却不足养家糊口，比尔一家五口，妻子、老母、俩孩子，就靠他一人挣钱，六岁的女儿晚上得跑到电影院门口去卖花贴补家用，没钱的时候，比尔若想喝酒，只得搞点工业酒精兑上水解馋。工人们心情郁闷，牢骚满腹，冯如非常同情他们。

这年夏季闹蝗灾，粮价飞涨，工资却不涨，工人们吃了上顿愁下顿，激愤到了沸点，连比尔这样性格开朗的人都抡着撬杆敲敲打打。冯如从紧张的气氛里嗅到浓烈的煤油味，仿佛落进一粒火星就会爆炸，料定要发生点儿什么事。

晚上，冯如正在昏黄的灯下看书，比尔拎着一只大铁皮桶来了，说工会让他散发传单，叫冯如帮一把。打开桶盖，是满桶的传单，拿起一张，上有一幅漫画，画的是一只巨大的蝗虫，西装革履，大腹便便，戴圆顶礼帽，正抓着一只苞衣破碎露着根根肋骨的玉米棒子贪婪地啃嚼，啃得满嘴骨渣满嘴血浆。传单号召工人兄弟团结起来举行罢工，要求资方提高工资，不达目的誓不罢休。

冯如兴奋地说一声，好！提起桶就走。他们先到工人聚居的棚户区挨家挨户送，又把剩下的张贴到厂区的电杆、树干和车间的墙壁、大门上，一直干到深夜。

罢工如期举行。罢工由机械厂发起，冶炼厂、锅炉厂、铁工厂、木工厂随即卷了进来。斗争很激烈，资方一边与工会代表谈判，一边叫来警察干预，还找来黑帮恫吓，但工人们不上当、不屈服、不退让，抱成团坚持斗争。僵持到第三天，情绪激烈的工人开始砸机器，老板挺不住了，表示答应工人的条件。为了下台阶找回面子，也是为了杀鸡儆猴，老板提出一个条件，就是要警察局把冯如抓起来，指控冯如在老板和工人之间挑拨，说冯如的工钱比所有的白工都要低，因此怀恨在心，到处散发传单，造谣生事，并找了几个胆小怕事的工人做证人。

罢工是工会策划组织的，这是明摆着的事，老板拿冯如当替死鬼，目的是要工会认这个账。但他低估了工人的觉悟和品格。消息传来，众人大哗，群情激愤，看穿这是老板的阴谋，如果答应了，即使得到加薪，却输掉了道义。我们决不能妥协！工人们把冯如藏在车间里，警察来抓人，任他拼命吹哨子、挥舞警棍，工人们组成的人墙毫不松动。此时，冯如却几次想冲出去，一是好汉做事好汉当，不能拖累那么多工人，二是对老板的诬陷难以忍气吞声，他要把事情挑明，但都被一直陪伴在他身边的比尔拉住了。

老板使出吃奶的力气，也没能撕开这堵墙，只得自认倒霉。工人这边也付出了代价，事后几个领头的工人被解雇了。冯如也被解雇了。

经过这场斗争，冯如好像长大了许多，好像改变了与外界的关系。有那么多温暖呵护的手臂伸向自己，他感到身上的力量倍增，甚至觉得身子骨都强壮了许多，而同时又感到脚下的地面随时都有塌陷倾覆的可能，那种笼罩在心头的漂泊无依感反倒更深了。

冯如被船厂解雇后，就以黄杞的小公司为据点，四处找活干。

在船厂这几年，冯如凭着一看就懂、一点就通、一上手就会的天才悟性和勤奋刻苦的学习实践，对机器制造知识和工艺已是深通谙达。来到黄杞公司，仍然想着将来造兵舰，干活不是为谋生，是为了学艺，为了增长知识和才干。看到招工海报和广告，只要与造船沾边都去应聘，去当学徒或工人。他以黄杞公司为据点，可进可退，时进时退，先后去了电厂、机器厂等好几家工厂做工学习。

不同于以往的是，冯如越来越多地把精力用在试验上。在公司的一角，他为自己营造了一个试验场所，整天伏案琢磨图纸，趴在地上鼓捣机件，尤其是瞄着机械制造最前沿的电机技术，四处收集资料，刻苦钻研，客户送来维修的机器设备，总是要先拆开来，搞清构造和运行原理，拆了装，装了拆，反复试验，有的还按自己的想法加以改造，废寝忘食，常弄得一身一脸的油污。

有一次在修理一台打桩机时，他改进了打桩机的传动结构，大幅提高了功率。客户来取货，冯如就把改进后的打桩机交给他，并告知注意事项，岂料这位刻板的顾客拒收，认定冯如是瞎倒腾，只会把机器搞坏，不可能改进性能，冯如要试给他看也遭到拒绝。一气之下，冯如自己掏钱赔了这位客户一台新的，并在报纸上登广告推销这款打桩机。有人买去一试，性能果然优越，消息不胫而走，定制这款新型打桩机的订单不断，公司也因之名震遐迩，日见兴隆。

3

时间过得飞快，转眼到了1903年的年底。

这天傍晚，冯如为试验无线电报机，在室外安装天线，因戴着手套，有一颗细小螺丝怎么也拧不上去。天气奇冷，卷着碎雪的寒风像锉刀锉着冰天雪地，金属杆冻得就像烧红的刀口，手触上去弄不好就会被咬掉层皮，冯如不顾这些，脱掉手套，拧上了那颗螺丝。

这时黄杞来了。黄杞一把拉住冯如，兴冲冲地说，孙文来纽约了，今晚要在长老会发表演讲，走，赶紧收拾收拾，听听去。

在侨胞的心目中，孙文是个极富传奇色彩的救国英雄。为救国图存，振兴中华，孙文鼓动推翻清廷统治，实行民主革命，并创建革命团体，发动武装起义，奔走于欧美侨胞之间宣传革命思想，号召侨胞出钱出力。孙文后来叫孙中山，叫孙中山是在章士钊翻译日文书《孙逸仙》之后，他将孙文在日本的化名"中山樵"中的中山当成了他的名字，同姓氏连缀在一起，"孙中山"这个误译的名字自此便流传开来。

冯如跟着黄杞急匆匆地赶到纽约东九街的长老会。

进入会场时，演讲已开始了。会场听众爆满，气氛热烈，冯如和黄杞只能远远地站在后面。

孙文说，诸君，我们都是中国人，中国人有四个亿，就是说，地球上四个人里头就有一个中国人，我们算是地球上最大的民族，而且是最古老文明的民族。可是，现在世界上有谁看得起中国人呢？我们既是专制政府的奴隶，又是列强的奴隶，备受压榨，横遭杀戮……孙文说得竟至哽咽。

一个民族要有尊严，首先你得有自尊，要有自尊，你自身得强大起来。孙文说，中国要强大，首先要取得民族独立和自由，要取得民族独立和自由，只有起来革命一途。如今保皇党打着革命旗号，混淆是非，目的是保皇。洪秀全创建太平天国，还是打倒皇帝做皇帝，内讧发生，终归覆灭。康有为和梁启超倡导维新，囿于和平手段，戊戌变法，昙花一现，六君子血洒街头。革命与保皇水火不容，要救国，只有走国民革命这条路！

他强调说，我们要建立一个新的国家，新的国家是没有皇帝的共和国，民众自己管理自己，是像美国、法国一样的共和国。

位卑未敢忘忧国啊！孙文几乎是在喊，我们侨胞要团结起来，同仇敌忾，为推翻清廷，建立光辉灿烂的共和国而奋斗！

孙文个头虽不高，却挺胸昂首，气宇非凡，魅力四射。他激情澎湃侃侃而谈，时而挥动双臂以助势。

孙文最后说，美国从前乃一片洪荒之土，于今四十余州的盛况，皆非中国所能及。中国有几千年的文明，倘若革命成功，中国比美国还要强几分的，将来我中国的国力凌驾全球，也是不可预料的！

饱含思想和感情的演讲字字句句叩击人心，讲得听众泪水纵横，掌声不断。讲得冯如热血沸腾，拍红了巴掌。

演讲结束后，侨胞挤挨着走到台前，为革命起义捐款。冯如也掏出身上所有的钱跑过去。到了台前，走在他前面的一位老华侨拿出一只布包，打开是十余枚金币，老华侨颤颤巍巍的双手托着递过去。孙文见状走近老人，捧着老人的手说，老人家，谢谢，谢谢！老人说，拿去吧，能多买一杆枪、一门炮也好。孙文说，有你这样的爱国华侨鼎力相助，革命一定会成功！老人说，我们就盼着革命成功，就盼着祖国强大起来，祖国不强大起来，我们永远要受人欺侮呀。

捐完款走出会所大门，冯如与黄杞驻足嗡嗡议论着的人群里，并不急于离开。这时，忽地一个人闪到冯如面前，冯如眼睛一亮，竟是陈石锁。冯如一把抓住陈石锁的双手，惊喜地说，哟，你怎么也来啦？陈石锁摇动冯如的手，又看看黄杞，说，我就知道能在这儿见到你们，一晃几年，你们都还好吧？冯如说，一言难尽。陈石锁说，对了，我还有事正要找黄叔呢。黄杞抚住陈石锁的肩头说，那好，我们找个地方坐下来慢慢讲。陈石锁把头往会所大门偏了偏，语气神秘地说，今晚我还有要紧事，改日我再去找你们。话音刚落，就消失在门墙下的阴影里了。

真痛快！孙先生真了不起，他讲的都是真理呀。有孙先生这样的伟人，中国是有希望了。冯如回味着孙文的演讲，心里头感到痛快，从来没有过的痛快。他抬起头，大口呼吸着清冽的空气，任雪花落到发烫的脸上。

回到公司，冯如一头扎到他的试验角落，研究调试无线电报机，做白天没做完的事。冯如每天都有工作计划，每天都必须完成计划，不吃饭，不睡觉，也不能不完成计划。冯如又忙了整整一个通宵。

果然，陈石锁隔天找来了。他们一同来到唐人街的一家潮州菜馆，要了几样家乡菜，边吃边聊。陈石锁告诉他们，他是随孙先生当保镖来纽约的。陈石锁说，孙先生这次来美国，一是与保皇党论战，宣扬革命主张，二是为起义筹款。孙先生与洪门致公堂的关系非同一般，他来美国的一应活动都由致公堂出力张罗，这回总堂大佬黄三德一路陪同，本人随做保镖，从5月开始，取道南方铁路，经洛杉矶、圣路易斯、华盛顿、费城、芝加哥等数地，最后到纽约，兜了一个大圈。冯如对陈石锁十分佩服，自从在夜校同络腮胡闹了那场风波，就觉得他豪爽侠义、乐于助人，后来又听说这位广东老乡是在家乡打死一个横霸乡里的恶少，在洪门的弟兄们帮助下身背命案逃到美国的。

冯如问起孙先生与保皇党论战的情况，陈石锁也不甚了了，说孙先生揭批保皇党的言辞很激烈，势同仇敌，但到底是怎么回事他也闹不清，支持哪一派，听大佬的就没错。

黄杞说，你说有事要找我，什么事？陈石锁拿出一支雪茄，双手托着向黄杞和冯如让了让，见都不接，就自己点燃，香香地吸了一口，说，就是你开公司的那笔贷款，那边催着还了。黄杞说，我不是按契约每年都在还吗？契约上订的，连本带利，还期十年。陈石锁说，如今人家手头紧，凑巧要办事，还要为革命捐款，这回要一次性收回。黄杞说，契约上画了押的，怎么能说变就变呢？陈石锁抱起膀子，面无表情，说，黄叔，不是我逼你，洪门怎么行事你比我清楚。黄杞说，那好，我想想办法，尽快办妥。陈石锁说，我这次就得带走。黄杞说，你得容我些日子，我办好汇过去不行吗？陈石锁不容商量地说，不行，我得带现金走。

黄杞后来告诉冯如，他当时心里明白，这是人家要搞垮他了。当初这笔贷款是总堂指定一个分堂贷给他的，分堂的堂主本与黄杞有过节，但只得照办，近年见他的公司办得有起色，便多次明里暗里要额外的好处，他都未加理会，如今人家要置他于死地，说明人家已经与总堂疏通好了，你都没地方讲理去。

62

黄杞皱着眉头想了一会儿，叹口气说，好，就是倾家荡产，我也要把这笔债还了！

冯如觉得不可理喻，对陈石锁说，你就看不出来吗？这不是明摆着坑人嘛，都是乡里乡亲的，事情哪能做得这么绝。

陈石锁挤着脸皮笑笑，说，这我也没办法，我是奉命行事。

冯如睁大眼睛盯着陈石锁，突然发现他是那么陌生。难道那个在夜校血气方刚替自己打抱不平的人不是他，难道他只是个愚顽不灵没有头脑的肉躯工具？冯如后来对他评价不算高，认为他虽重情讲义、敢作敢为，但头脑简单，如果你对他敬服，又抬举他几句，他就会感激涕零得恨不得往自己身上扎刀子，可以不分青红皂白替你去拼命。当时冯如心头掠过一阵悲凉。他原本想跟陈石锁理论理论，但他已经把事情看透，感到说了也没用。

冯如极度失望，又敷衍问了一句，就没有回旋的余地了吗？

陈石锁眼神里流露出无奈，也有些无赖，瞟了冯如一眼，撇嘴笑笑，没说话。

在后来的两天里，黄杞心急上火，嘴边燎起一圈水泡，东跑西颠，最后用公司抵押，以高利贷从当地华人堂会借得现金，交给了陈石锁。冯如也陪着跑了两天，目睹了黄杞的艰难。

洪门奉行锄强扶弱、打抱不平、调解纠纷、互济互助，保护华侨利益，冯如都知道，也知道洪门用经济、政治和武力手段控制华人，各堂还时常为此爆发流血堂斗。冯如眼里揉不得沙子，他总看不惯洪门的习气做派，你有千种好、万种好，但同自己中间老是有一堵墙。所以从旧金山到纽约的华侨十有七八名籍洪门，而冯如一直置身其外。

陈石锁这次催债，加深了冯如对洪门的成见。

冯如后来回到旧金山，再到与旧金山毗邻的奥克兰研制飞机，就是再困难、再窘迫，也不愿求助洪门。

4

1903年12月17日，在美国北卡罗来纳州小鹰镇基蒂霍克的一片沙丘上，奥维尔·莱特驾驶他和哥哥研制的飞机，挣脱了牵引索，腾空而起，飞行三十多米后，稳稳地着落到地面。维尔伯·莱特疯了似的冲过去，扑到弟弟身上，热泪盈眶地高喊，我们成功了！我们成功了！在随后的一个半小时里，兄弟俩轮流试飞，越飞越好，最后哥哥维尔伯只用五十九秒持续飞了二百六十米。人类从此实现了飞天梦想，叩开了通天之门。

冯如起初并不知道这件事。当时美国科技发明繁花竞绽，也难免鱼龙混杂，蒙事的骗子蜂起，莱特兄弟把消息告诉报社时，报社以为又有人出怪招施骗，斥为天方夜谭，拒不发布消息，政府和公众也未予重视与承认，甚至1906年他们的飞机在美国获得专利发明权，还为人们所怀疑，反倒是法国于1908年首先肯定了他们的成就，才引发了席卷全球的航空热。也许正因为如此，巴西人一直不服莱特兄弟，认为他们的英雄桑托斯·杜蒙才是世界飞行第一人，桑托斯·杜蒙于1906年10月23日在巴黎一家公园里的飞行才算得上真正的第一次。

也正因为如此，冯如迟至1905年才得知这个对他至关重要的消息。

入冬的一天，冯如为改装一台电动机去采购材料，走到街角时，就听到一个报童在吆喝人咬狗的新闻。看报看报，美女生下三条腿的婴儿；看报看报，田纳西天空降下雪夹面粉；看报看报，莱特兄弟驾飞机飞上蓝天……冯如买了一份报纸，见一版左下角果然有一篇文章，这篇文章转载自著名的《科学美国人》杂志，它揭露了一个惊天骗局，说一对叫莱特的兄弟自称驾驶自己研制的飞机飞上了天，在代顿的霍夫曼草原持续飞了三十八分钟，共飞了 38.6 公里。文章说，"这完全是两个自行车修理工制造的一个商业骗局"。

冯如却被一股强劲的电流击中了，他的每一个毛孔和每一根发梢都兴奋起来。他立刻做出判断，这不是什么骗局，这是真的，并且立刻想象出了这架飞机的形状和构造。童年的梦呼啦啦涌到胸间，涌到天边，那朵闪烁着毛刺刺金焰的红云飘呀舞呀呼呼地燃烧。

他仰头久久地看着那朵红云。他要飞，他要飞啊，他脚下生风，仿佛长出了翅膀，立马就会腾空而去。

冯如读到报纸的第二天，就启程去代顿城，代顿城所属俄亥俄州，与纽约州相邻。到了代顿城四处打听，按人们的指引找到了莱特兄弟开的自行车工场。莱特兄弟不在，莱特的妹妹凯瑟琳接待了他。一说是飞机的事，凯瑟琳以为冯如是买主，她热情地回答了冯如的询问，介绍了飞机的性能和驾驶方法，说飞机升降、转弯自如、安全可靠，并解释了飞机的制造原理和设计。凯瑟琳告诉冯如，刚试飞成功的这架飞机叫"飞行者"三号，此前还有"飞行者"一号与二号，分别于 1903 年和 1904 年进行了成功的飞行。还向冯如展示了一张双翼飞机的照片。

冯如完全被迷住了。他盯着照片，很内行地询问起飞机的技术细节。

凯瑟琳忽然警觉起来。她重新把冯如打量了一番，问道，你是记者吗？冯如说，不是。凯瑟琳又语含讥讽地说，那你是警察局的了？冯如明白了，说，对不起，我还没做自我介绍，我叫冯如，是纽约一家公司的机器师，我是来观摩学习的。凯瑟琳松弛下来，但瞬息又变得更加警惕了。凯瑟琳说，对不起，我不能跟你说得更多了，许多技术还不成熟，再说，这也是秘密。冯如试探着说，非常感谢，凯瑟琳小姐，我能去霍夫曼草原请教请教莱特先生吗？凯瑟琳摇摇头，说，他们很忙，他们无暇接受别人的访问。

冯如原想去霍夫曼草原，但出于自尊和对莱特兄弟的尊重，终究没有去。冯如已经很知足了。他这一趟没白跑，最大的收获，是他了解到人类驾驶动力飞机飞上天，是一个确凿的美丽的事实。

这一事实为冯如的梦想装上了一台发动机。在冯如心中埋藏了多年的飞天梦、救国梦，终于有了羽化成真的可能。

冯如萌生了回旧金山研制飞机的想法。

当初冯如来纽约，就不是为谋生，而是因为纽约工业和科技发达，来纽约能更好地学习先进的机器制造，学成好为祖国效力。经过这些年苦心孤诣的追求、勤勉努力的奋斗，加上他颖悟非凡的才华，而今不仅三十六种机器无不通晓，就是说没有他不掌握的机器技术了，而且独出心裁，大胆试验，自制了抽水机、打桩机、发电机和无线电收发报机，并加以改进，可见其技术娴熟和精通。他的第一步完成了，便要开始第二步，他要经营学到的技术，为国效力了。这是他的理想，是他的必由之路。

此外，这两年里发生的另两件大事，也促成了他的选择和决心。

这第一件事，是 1904 年世博会在美国圣路易斯举办。4 月底世博会开展，5 月初冯如就专程跑去参观。他心急脚慢挨个看了各个展馆，在那些陈列大气、接近实景的农场、矿区、学校、火车、汽车之间流连。最让他感兴趣的是电气馆和机械馆，那里展出的电气产品，各种发动机和新型机器，令他大开眼界。新贵无线电最抢眼，观者还可用无线电与芝加哥通话，冯如也试了试，并暗地里与自己制作的无线电收发报机做了比较。冯如浮想联翩，神游八极，心头炫动着对未来的憧憬。

走进中国馆，一阵暖春般的亲切气息迎面扑来，那些标志着相同血缘和生命密码的皮肤和面孔，让他禁不住地要与每个人拉手拥抱。那些乡音，仅仅是声音，就足以让他感动得落泪。然而，转着看着，他感到胃里有一种东西在翻腾，这种感觉越来越强烈，等到后来回味的时候，他知道是怎么回事了。人家的展品是电灯、电话、电报、汽车，我们是古董、丝绸、瓷器、画扇。人家展示的是科学和进步，我们是农耕的传统和停滞的国粹。人家展示未来，我们展示的是过去。巨大的反差让冯如沮丧。最让他感到蒙羞的是一组人物雕像，有苦工、乞丐、娼妓、囚犯和鸦片鬼，展示的是中国社会的丑陋与落后。中国展馆里还有一座戏院，身穿戏装的演员在唱戏，冯如转进去时，感到像走进了前世美丽的梦中，但不知为何又感到忧心，那咿咿呀呀的唱腔让他好不心烦。

另一件事，是发生在 1904 年至 1905 年的日俄战争。这场发生在中国东北大地上的战争，是两只恶狼为抢夺一块肥肉而展开的疯狂厮杀。在血光烈焰中，国土横遭蹂躏，生灵惨遭屠戮，凶信接二连三传来，诸如"死于炮林雷阵之上者数万生灵，血飞肉溅，产破家倾，父子兄弟哭于途，夫妇亲朋呼于路，痛心疾首，惨不忍睹"；诸如"自旅顺迤北，直至边墙内外，凡属俄日大军经过处，大都因粮于民。菽黍高粱，均被芟割，以作马料。纵横千里，几同赤地"；诸如"烽燧所至，村舍为墟，小民转徙流离哭号于路者，以数十万计"，"盖州海城各属被扰者有三百村，计遭难者八千四百家，约共男女五万多名"……每在报上读到这些血淋淋的凶信，冯如都会感到万箭穿心，撕心裂肺。

更令人难以忍受的是，两个强盗闯进你家中大打出手，杀了你家的人，毁了你的家当，把你家弄成了人间地狱，你还不敢过问，无力过问，还宣布什么局外中立。恸问苍冥，天理何在？得到的回答只能是你国家穷、国家弱，你就没有尊严可言，就得任人宰割。游子心中回荡着黄钟大吕，而又徒叹奈何。

5

从代顿城回到纽约的当晚，冯如与黄杞一席长谈，端出了自己的重大决定。

冯如说，自从来美国后，我就深深感触到，我们华人活得太屈辱、太没有尊严了。想来想去，还是你说的，你国家穷、国家弱，你就没有尊严可言。我们华人活得没有尊严，是因为我们的祖国活得太没有尊严。远的不说，只说甲午海战、八国联军侵华和这次的日俄战争，一桩一桩，哪一桩不是饱浸中国的血泪和屈辱？没有谁比我们这些海外客更敏感、更清楚了，祖国强，我们强，祖国弱，我们弱，祖国安，我们安，祖国危，我们危。我们的冷暖炎凉，我

68

们的每根神经都与祖国紧紧地牵扯在一起，只有祖国强，我们才能挺直了腰杆做人。

冯如说，而今我们的祖国积贫积弱，多灾多难，已经到了生死存亡的紧要关头，我堂堂七尺男儿当舍身捐躯，以求壮国体，挽利权。最早是想机器救国，但在火烧国门的今天，机器无以救国；在船厂做工时，也曾想将来打造兵舰，扼守国门，但想甲午一役，北洋水师倾覆，让人不知所以。而今飞机出世，我想当此激烈竞争的时代，谁执牛耳谁就占上风，飞机是当今最先进的科技，若用于军事，必是威力无比，而且，造一艘战舰，要花费数百万金钱，何不用这些钱造数百架飞机呢？如果有千百架飞机分守祖国港口，内地可保无虞。

冯如提高声调说，我想了很久了，与其去造机器、造兵舰，不如去造飞机。我想回旧金山去研制飞机！

平日里冯如不是埋头干活，就是静气读书，话并不多，今晚口若悬河的一通大论，可见是深思熟虑的。相反，见多识广、快人快语的黄杞却一反常态，到现在还没说一句话。

冯如说得心里痛快，抓起杯子喝干一杯茶水。见黄杞蹙眉不语，就征询地问，黄叔，你以为怎样？

黄杞仍凝在那里。冯如从他泛开的目光里，看出他的神思在远游，就伸手触触黄杞的胳膊，提高声量叫了声，黄叔。

黄杞收拢目光，看着冯如说，你的话，句句说到我心里去了。我在想，往后该怎么做，才能实现你的抱负。

冯如说，我想了，当今美国的发明家，如爱迪生和莱特兄弟，他们在从事发明创造的同时，都在做企业，这样既可维持日常开销，又可边试验边研究，并可将发明成果付诸实用，推向市场。所以我想，还是依托你的公司，边经营机器修理、制造和销售，边研制飞机。

黄杞说，你与我的想法不谋而合。我还在想，我们该怎么合作？

见冯如不解，黄杞解释说，我是说，我们的公司前番被那么一搅和，伤了元气，欠了一屁股债，靠着你的帮助才还得差不多了，我心里一直不安。此外，往后公司虽经营机器，却是要以研制飞机为主业。所以我想，把这个公司关了，另开一个公司或者工厂，你做经理，我给你当帮手。

冯如连忙摆动手说，那不行。我赞同另起锅灶，但我只想一门心思研究飞机，你熟悉经营，人脉又广，还得由你掌门。

黄杞说，名不副实，是做不好事的。这个再议。我还在想，要研制飞机，资金不是小数，贷款恐受制于人，已有教训，我想能不能用招股来解决。我同意回旧金山去办，那儿靠得住的熟人多，往后的路很难，须步步走稳当才好。

冯如眼眶发热，说，黄叔想得很周到，一切还仰仗黄叔多费心思。

五、时局图 (1906—1908)

　　冯珠九的知识，来自他八年来在电厂的工作实践，和晚上对有关科学技术书籍的研读及科学试验。他在研读有关科学技术书籍之前，需要借助字典，先把这些书籍译成中文。他很少在深夜三点之前睡觉。他在科学技术上取得的进步，是以非凡的勤劳和毅力为代价的。

——美国《旧金山呼声报》，1909 年 9 月 21 日

　　一千九百零六年，复回三藩市。其伴朱竹泉久慕其名，即于是年就学于冯君。时值日俄交战之后，君即对朱曰，日俄战争大不利于中国，当此竞争时代，飞行为军事上万不可缺之物。以其制一战舰，费数百万之金钱，何不将此款以造数百只之飞机，价廉工省。倘得千只飞机分守中国港口，内地可保无虞。

——广州《时事画报》，1912 年 9 月号

1

冯如与黄杞商议的结果，是冯如先回旧金山，黄杞留在纽约善后，诸事办妥再回旧金山。冯如原想在上半年动身，由于4月18日旧金山发生了八级大地震，故推迟到了秋季。

1906年的这场旧金山大地震，损毁了两万多幢建筑和五百多条街道，致使三千人丧生，二十五万人无家可归。煤气管道爆裂导致的火灾，蔓延成火海，整整烧了三天三夜，在几十公里外都可见刺眼的火光和冲天的浓烟。旧金山被夷为一片废墟。

冯如回到旧金山时，这座城市正从废墟瓦砾中顽强地爬起来。唐人街恢复得最快，新起的房屋与帐篷和用木板树皮搭建的临时房参差混杂在一起，拉砖瓦木料的马车和板车仍络绎不绝，空气里弥漫着锯木与泥浆的气味。地震过后，唐人街险些被迁走，市政府想把华人从这一繁华地区驱赶出去，腾出地搞房地产，这个计划在全体华人的强烈抵制下泡了汤。

在张南等人帮助下，冯如在唐人街租了一间房，经营机器修理、制造和销售。表舅吴英兰的小买卖半死不活，就撂下摊子，过来帮助打理门面。

不久，冯如就制造出了产品。不是什么好卖就制造什么，与其说是为了出售而制造产品，不如说是为研究与试验，为研制飞机做技术上的准备。冯如喜欢每制造一件产品都能与前一件有所不同，因此买主可以根据需要量身定做，什么电动机、印刷机、打桩机，五花八门，什么都造。当时打桩机买主较多，还有小型发电机，这

72

种灵便的发电机发的电足可供八盏电灯之用，光亮照人，堪与电灯公司的产品媲美。

这一下，唐人街出了个华人发明家的消息不胫而走，几乎每天都有慕名来订货的人。这倒成了冯如的负担，他不能被订单牵着鼻子走，他有自己的方向和目标。他晚上很少干活，晚上是做案头功课的时间，要研读制造飞机的书籍资料，这些资料多为英文版，他一页一页地啃，一页一页地消化，很少在凌晨三点之前上床睡觉。他远远完不成那些纷至沓来的订单。

2

这天一早，冯如刚打开门板，就见门口站着一个人。此人年龄、个头，连身材都与冯如相仿，只是皮肤黝黑，嘴往前拱突，显得要老气一些。看样子在门外站了有好一会儿了，天还不太冷，他的眉眼却有点儿僵硬。

冯如眼睛一亮，说，你不是朱竹泉吗？来人一脸惊喜地说，冯师傅，那么多年了你还记得我呀？冯如说，怎么不记得，你还是我的救命恩人呢，快进屋快进屋。

冯如把朱竹泉拉进屋，早已揣了一肚子话的朱竹泉就呱呱地倾谈起来。

从朱竹泉的言谈中，冯如了解到，朱竹泉与他分手后，曾先后到锯木厂、矿山和电厂做工，前年与刘一枝合伙开了一家名叫大光书林的商店，刘一枝出钱，他出力，经销机器零部件。这之间也同冯如一样，回老家广东新宁娶了亲。

73

朱竹泉讲了这些年在锯木厂、矿山和电厂的遭遇，说老板盘剥工人恨不能敲骨吸髓，华工的工钱被压得更低，锯木厂工人动不动就锯断手指，白工锯断手指有赔付，华人却不给，有个老华工胳膊被锯断，流血过多死了，一分抚恤也不给。

冯如重重地叹了口气。他也向朱竹泉讲了自己的纽约故事，讲到在船厂罢工风潮中受侮，恨得咬牙切齿。

朱竹泉说，在美国的华人哪个不是憋着一肚子苦水，在白人眼里，华人是最落后、最低劣的民族。

冯如说，还不是因为人家瞧不起我们国家。对了，还记得那个红脸虎吗，怎么见不着了？

那个红脸虎啊？朱竹泉诡秘地笑笑，说，他早已卷铺盖走人了。几年前，红脸虎带人到唐人街收月规钱，卖纸烟的、卖糖果花生的、卖烤红薯烤土豆的、卖风车泥人的小贩们都跟他玩捉迷藏，有时被追得走投无路就钻进沿街的店铺，从后门逃进小巷溜走，店主们恨这个作恶多端的家伙，都睁一眼闭一眼帮小贩逃跑。红脸虎东扑西扑连根鸟毛也没扑到，反被沿街的店铺当马猴要，这下急了，追进一家店铺又扑了空，就放火烧了这家铺子，还跑到街上朝天打枪，扬言要是不把小贩们交出来他就把整条街全烧了。

接过表舅递过的茶水喝了一口，朱竹泉接着说，这下可好，这可是在太岁头上动土啦。洪门马上派陈石锁来交涉，红脸虎不买账，说老子还有旧账要同你算呢。这陈石锁血气方刚，同红脸虎动了手。两边都叫来大帮人，拿长枪短枪的，拿砍刀匕首的，站了满街筒子，那架势非得来一场大血拼不可。这时有人端了个托盘匆匆跑来，先同陈石锁耳语几句，然后把托盘捧到红脸虎面前，红脸虎掀开盖布，哈，一托盘泛着雪光的银子。红脸虎笑了，这家伙也知借坡下驴，也学着陈石锁拱拱手，拿着银子退兵了。这个傻瓜，还笑呢，过后洪门给另一个叫刀马帮的帮主也送了银子，是三托盘的，这帮主与红脸虎向有过节，就杀了一个不听话的手下，栽到红脸虎头上，打断他一条腿，把他逐出了旧金山。听说红脸虎跑到奥克兰去了。

幸好没有动刀动枪，否则招来警察，我们华人里外吃亏。朱竹泉又摇摇头说，可前门送虎，后门进狼，这刀马帮势力更大，跟警察局勾得更紧，对华人做伤天害理的事更是肆无忌惮，上个月一个小头目把一个华商的老婆绑到窑子里强奸了，硬说人家是卖淫的婊子，都没人伸头讲理去。那女人被逼疯了，跑到法院门口，一头撞死在台阶上了。

冯如说，我们在外头的人都知道，我们每个华人的脸上都写着中国两个字，人家敢随性子扇我们中国人的嘴巴子，却不敢扇爱尔兰人、法国人、意大利人的嘴巴子，连日本人的嘴巴子都不敢扇。华人要想改变屈辱的命运，只有我们的国家强大起来。

朱竹泉说，是呀，是呀，我在做工时就想着学点技术，将来有朝一日回国去做点事。听说你在纽约学得一身本事，机械电气无所不通，就想拜你为师。可有时也想，中国那么大，我们这些小人物就是身怀绝技，又能有什么用？

冯如说，位卑未敢忘忧国，一人立志救国，十人立志救国，千人万人立志救国，就能形成伟大的力量。我在纽约听过孙中山演讲，他和我们想的是同样的事，他四处奔波为救国募捐筹款，有许许多多有识之士正与他并肩举力，他说将来中国一定能强大起来，那时的中国，是要比美国还要强大的。

朱竹泉说，你是讲孙大炮啊，那可是个伟人，他来旧金山演讲好几回了。

说着，朱竹泉突然站起，身子一矮，扑通跪到地上，大声说，师父的点拨，如醍醐灌顶。今天我是特地来拜你为师的，幸得师父不嫌不弃，我决心跟师父学个一技之长，好以菲薄之力报效祖国！

冯如慌忙起身，弯腰拉起朱竹泉，说，你我是兄弟，怎么这么见外？我庸才俗学，哪有资格妄自称师。不过我倒是想做点事。俗话说，一个篱笆三个桩，我正想找人合伙一道干呢。

朱竹泉兴奋得又是纳头抱拳，说，徒弟愿追随师父，效犬马之劳！

冯如摇摇手，说，来，我们坐下慢慢谈。

冯如说，我同你一样，也曾想以机器救国，去纽约就是为此目的。这就如同实业救国，几十年来，清政府的洋务派大举引进西方机器设备和科学技术，在国内各地创办了一大批洋务企业，但在各路强盗肆意闯入家门要抢就抢、要杀就杀的今天，如不能守住家门，置业兴家只是黄粱一梦。

说到此，冯如话锋一转，说，你知道飞机么？

朱竹泉点点头说，人们都当奇事谈论，可谁也没见过。

冯如说，这可不是神话，这可是科学技术上的一个伟大发明。

接着，冯如一口气讲了莱特兄弟自己制造飞机、驾飞机飞上天的事；讲了自己跑到俄亥俄州的代顿城探访的事；讲了近年飞机研制和发展的动态，如去年在巴黎成立了国际航空联谊会，今年巴西人桑托斯·杜蒙驾驶双翼飞机创造了持续飞行的纪录，科尔尼试飞了一种利用旋翼的飞行器，等等。

76

冯如一脸向往地说，你知道吗？而今桑托斯·杜蒙能飞两百多米。这是国际承认的纪录。我听莱特的妹妹凯瑟琳讲，其实早在1903年，莱特兄弟就一连飞了二百六十米。

真神了。朱竹泉跷起大拇指说，将来说不定能从旧金山飞过大海，飞到我们中国去呢。

怎么不能？肯定会越飞越高，越飞越远，以后人们还可能乘飞机旅行呢。冯如说，就像汽车，如今已成为人们的代步工具了。

朱竹泉说，是呀是呀，旧金山的汽车越来越多了。

冯如说，我想飞机定然也会突飞猛进地发展。我刚才说，守不住家门，国家无法强盛。当今国际竞争相当激烈，要想守住家门，必须依赖最先进最威猛的兵器。

用大炮！朱竹泉说，不对，是兵舰！

冯如点点头，说，大炮安到轮船上，轮船就成了兵舰；若安到汽车上，汽车就会变成兵车；要是安到飞机上呢？依我看，飞机将来肯定会用于军事，成为最厉害的兵器。将来能守住家门，抵御外侮的军事利器，非飞机莫属。

朱竹泉一掌拍在自己脑袋上，说，对呀，我怎么没想到呢！

冯如激动起来，挥舞着拳头，斩钉截铁地说，我发誓要造飞机，用毕生精力造飞机，以此一绝艺报效祖国。苟无成，毋宁死！

朱竹泉早已被激发得热血沸腾，腾地站起，大声说，我愿跟着师父干！

冯如说，研制飞机要吃苦受累，不但挣不了钱，可能还要赔钱，弄不好还要搭上性命，莱特在试飞时就曾从天上摔下来，所幸人没摔死。

朱竹泉把胸脯拍得嘭嘭响，说，苟无成，毋宁死！师父有种，只要师父有那个心，我就有那个胆。我发誓要跟师父抵死研制飞机。

两位血气方刚的年轻人正谈得壮怀激烈，黄杞来了。

黄杞打理完纽约那边的事，刚回到旧金山。同黄杞一道来的还有他的一位堂兄黄梓材。这黄梓材在加利福尼亚打拼多年，经营农产品、药材和皮货，性格开朗，结交甚广。他名为买机器设备而来，实际是听了黄杞的介绍，想来结识这位才华出众抱负远大的年轻人。

几个人正寒暄，尼里一步跨了进来。他带来了最新一期的《美国科学》，里面有一篇很有价值的航空器论文。冯如研读的英文资料，许多都是尼里和苔丝帮助搜集的。

黄梓材从冯如这儿订购了一套小型发电机及线路材料。屋子逼仄，黄梓材邀请大家去茶楼说话。

到了邻近一家茶楼，要了壶茶，不出三句，话题就扯到办厂研制飞机上。黄梓材对冯如研制飞机的志向击掌称赞。听说莱特是在草原上试制飞机的，黄梓材便问是否试制飞机都需有开阔的场地。冯如说，研制前期倒不一定，但飞机造出来要试飞，必须要在开阔的场地上进行，否则无法起飞和降落，莱特的第一架飞机也是在开阔的基蒂霍克沙洲上试飞的。黄梓材说，我在奥克兰南郊的匹满高地帮人打理一个农场，那里靠近海湾，地势较开阔，如有需要，你随时可以使用，我买发电机就是给农场照明用的。冯如连忙称谢，说，那太好啦，这可是帮了大忙了。

忽而冯如又说，我想还不如到奥克兰去研制飞机，那儿一是靠近农场，二是房租便宜，三是研制飞机要保密，那儿要比旧金山僻静。

黄梓材、黄杞、尼里和朱竹泉都认为这个主意好。最后定下找到地方，即搬到奥克兰去。

　　也有人反对到奥克兰去造飞机。这人就是表舅吴英兰。得知冯如的打算后，吴英兰竭力劝阻，不仅反对搬到奥克兰去，而且压根儿就反对研制什么飞机。吴英兰说过日子不是做梦，人能坐个家什飞上天？吴英兰说过日子就像种地，没听说能在天上种出庄稼来的。吴英兰说过日子就是守着母鸡攒鸡蛋，你往高处抛还有个好呀。吴英兰眼圈红了，说，当初你爹你娘就不肯让你跟我走，你要不走个正经路数，不得怪到我头上呀。又说我无儿无女，身边没个亲人，就指望跟你说贴心话呢，可这些年我担着多少心啊，这下好，越离越远了，你要往天上飞了。

　　表舅说得冯如心烦。他想反驳表舅，想说像你说的那样，一辈子也活不出个尊严来；全中国的人都像你说的那样，国家也永远不会有尊严。但又有一个声音在说，表舅老实巴交的，这么多年把自己当亲人，总为自己操心劳神，你滴水也没回报表舅呀。于是就跟表舅讲飞机将来的用途，讲为什么要造飞机，劝表舅跟自己一起干，说将来飞机造出来了，日子也会好起来的。但两个人的道理不在一股道上，最终谁也劝不了谁。表舅说，我还是回去摆摊，你要飞不上天呢，也能有个退路。

3

　　接下来的日子，冯如加紧搜集资料，钻研制造、驾驶飞机的技能，同时筹措创办制造飞机的工厂。

办厂的方案有两个。第一个方案是冯如、黄杞、张南和谭耀能，拿出自己的所有积蓄作为启动资金，先办一个研制飞机的工厂。张南一腔热血，说为了壮国体、挽利权，不要说倾尽囊中所有，必要的时候，他可以辞掉饭店司理，到厂里来干，技术活干不了，打下手也行。谭耀能对机器制造有特殊的兴趣，一直想摆脱洗衣的行当，梦想能成为一名工程师。黄杞就更不用说了，他随时准备撂下手里的事，全力辅助冯如。还有黄梓材和朱竹泉，他们都是冯如的铁杆支持者。

第二个方案是在华商中广为筹资，以充足的资金、优良的机器设备，从一开始就为研制飞机创造一个良好的条件。

如能做成第二种方案，当然再好不过了。

在旧金山的华人中，冯如已是声名鹊起的工程师和发明家，华商们得知冯如募资造飞机，都为冯如的闯劲折服，为他的爱国精神感动。但说到投资，又不免犹豫，他们或他们的前辈，人人都有一部血泪斑斑的奋斗史，直到今天，仍受到白人势力的挤压和欺凌，都有着强烈的悲情诉求和种族认同的欲望，为祖国做点事，自然能得到内心的满足或补偿，但他们是商人，他们把来之不易的每一分钱都紧紧攥在手心里，投资就像往地里播种，每一粒种子下去都要有收成。造飞机是怎么个事？知道的跟不知道的一样，都认为这事神秘莫测，遥不可及，也许是异想天开。他们话来话往有时喜欢藏在袖筒子里，像遇到这样的事，回绝吧，不近情理，接受吧，又不放心，思来想去，就有人出了个主意。

华商刘一枝受托找冯如来了。刘一枝三十来岁，头脑灵活，办事稳当，经营范围颇广，在西部地区华商当中颇有人缘。

他告诉冯如，他是朱竹泉的一个合作者，对冯如仰慕已久，对朱竹泉追随冯先生造飞机，也打心眼里赞同。客套之后，刘一枝诚恳地说，他今天来是这么回事，旧金山的华商集团在酝酿一个计划，准备投资一笔钱，发展祖国的电力工业和科学技术，各位老板对冯如高超的电力、机器和科学技术知识及技能信心十足，他今天就是受各位之托，特地来邀请冯如主持这项计划的。

这事曾有人跟冯如透过风，他知道这是华商们对筹资研制飞机的一个回应，他们相信冯如，但不相信飞机。冯如表示可以考虑，但他首要的是先把飞机造出来。冯如对刘一枝说，发展祖国的电力是当务之急，但急中之急是加强祖国的防务，当今世界列强瓜分中国如火如荼，中国在中国的大地上无安身之地，还怎么谈得上发展自己的工业？华商同胞的爱国热忱我感同身受，我希望大家再考虑考虑，能把钱用在刀刃上。

刘一枝极赞同冯如的想法，反过来就到华商集团中去斡旋游说。

这些日子，冯如还应约去见了洪门致公堂大佬黄三德，陈石锁也在私下里递话，说筹资造飞机的事可以商量。但冯如对洪门的印象不佳，且对陈石锁讨债的事难以忘怀，总感到洪门面目模糊，脉象无定，难以拿捏。他去洪门完全是出于礼节和应付，就像穿堂风，没带走什么，也没留下什么。

事没谈妥，奥克兰那边的厂房已经租下了，是东九街三百五十九号的一间铺子。

第二种方案一下子难以实现，事不宜迟，冯如决定按第一种方案把工厂先办起来。

他和张南、谭耀能、黄杞，还有朱竹泉，几个人凑了一千余美元作为启动资金。本来还有黄梓材的，他回国探亲去了，一时半会儿回不来。

厂名定为广东制造机器厂。叫制造机器厂，而不叫制造飞机厂，当然是为了保密。

至于人事安排，冯如执意当机器师，好集中精力搞研究，让黄杞当经理。黄杞本想推冯如当经理，见拗不过，就领受下来，但说，我实际上还是你冯如的副手，大事小事还得由你定。

奥克兰市东九街三百五十九号仅八十平方英尺，即二十多平方米。奥克兰与旧金山隔着一道圣弗兰西斯科海湾，在行政区划上虽是两个城市，其实由频繁来往的轮渡连着，就像是同一座城市。

4

1907 年 9 月的一天，广东制造机器厂在喧闹的鞭炮声中揭牌了。奥克兰的华侨界头面人物都跑来庆贺，围观的人也不少，在混杂的人群里，冯如特别注意到了红脸虎，这家伙果然在奥克兰。他抱着膀子，嘴角挂着冷笑，走路时一起一伏，跛得厉害。

致公堂的英文书记唐琼昌特地从旧金山赶来庆贺，他送了一份特殊的礼物，是一个叫谢缵泰的人绘制的《时局图》，图上画着代表俄、英、法、德、美、日等帝国列强的熊、犬、蛙、肠、鹰和太阳，它们贪婪而野蛮地扒住中国的大地，正在撕扯分食着丰饶而贫瘠的中国。

这是中国第一家研制飞机的工厂。年仅二十四岁的冯如，将成为中国研制飞机第一人。

中国的航空工业就此起步了。由于太寻常了，太不起眼了，以至到后来发现了这一步对中国航空业的不朽价值和非凡意义，仍显得不起眼。

工厂看起来是以制售电讯器材为主业。开业不久，就制造了大量电话机，为奥克兰唐人街建起了电话通讯网。黄杞和张南在旧金山住，为方便联系，在黄杞的住处和张南的饭馆也装上电话机。住本市十六街的尼里也接上了电话。

日常活计多由黄杞、朱竹泉、张南和谭耀能去做，技术上由黄杞把关，关键问题上冯如亲自上手，除此之外，冯如全部精力都用到研制飞机上。他白天跑图书馆和书店，多方搜集资料，晚上通宵达旦地研读。他夜以继日地苦干，持续爆发着惊人的能量。

在冯如研究飞机制造技术的同时，世界航空事业在跑步发展。

法国人科努驾驶他本人设计的直升机试飞成功。英国首次举行空中飞行活动。英国人支雷发表论文指出，鸟在空中飞行，升力来自空气的阻力，因此飞机只要在空中获得推进自身的能量，就能在空中持续飞行。

莱特在欧洲的飞行表演，引发了汹涌的航空热，终于引起美国政府的重视。1908年9月10日这天，美国政府第一次出面组织飞行表演。弟弟奥维尔飞得十分出色。莱特兄弟的人气在欢呼声中一下子蹿上了云空。

这些消息形成了巨大的推力，像烈火像洪水一样追着撵着冯如，追撵得他头发凌乱、身体消瘦、眼圈发暗，但又精神百倍、干劲十足。

近日，报纸上说奥维尔·莱特在华盛顿附近的梅尔堡做两人同载试飞时不幸坠地，奥维尔·莱特负重伤，同乘的汤玛斯·塞夫利奇中尉不幸遇难。

看到这个消息，冯如为莱特兄弟难过，同时又想，制造飞机不是上帝赐给莱特的专利，只要用生命做抵押，不顾一切地去追求，莱特兄弟能造出飞机，我也一定能！

冯如有理由自信。他已是闻名遐迩的发明家和工程师，他出众的才华不仅成为奥克兰、旧金山乃至美国西部华人的骄傲，也得到了当地业界乃至政府的承认。最近，在研究飞机之余，他又制造出多台无线电报机。这些电报机可收可发，性能优越。在当地政府的要求下，他还用自制的无线电报机做远距离通信表演，不仅能同圣地亚哥、洛杉矶联络，还能同华盛顿州的西雅图、俄勒冈州的波特兰等城市联络，信号清晰，准确可靠。

后来，1909 年 9 月 21 日的《旧金山呼声报》回顾了他的这一段经历。

冯珠九的知识，来自他八年来在电厂的工作实践，和晚上对有关科学技术书籍的研读及科学试验。他在研读有关科学技术书籍之前，需要借助字典，先把这些书籍译成中文。他很少在深夜三点之前睡觉。他在科学技术上取得的进步，是以非凡的勤劳和毅力为代价的。在美国奥克兰唐人街他的小小工作室内，放置着很多经过他改进的发电机和优良的无线电报机。几个月来，他就是在这间长不足十英尺、宽不足八英尺的工作室内进行工作、研究和睡觉。

在人们眼里，冯如已然是无线电报机的技术权威。

这就惹出了一桩事。

这一天，两名市工商管理部门的人来找冯如。来人说，最近有一伙人说要办无线电报机输出公司，现在正四处兜售股票，招人投资入股。但据我们所知，这伙人并不具备生产无线电报机的资质。您是这方面的专家，我们想请您帮助核查一下，看他们的设备是不是真的能生产出无线电报机。

冯如跟着他们来到一座楼里。走进二楼一间很大的房间，只见几张工作台上堆放着一些电讯材料，却不见用于制造零部件的设备。冯如一眼就看明白了。

管理人员上前询问，一个老板模样的人从容作答，然后指着一台无线电报机，说这就是他们的产品。

冯如一眼就看出这是自己的产品。他知道这都是些什么人了。他不动声色地说，你能说说这个电报机的性能吗?

当然。大概见是个华人，骗子目光轻蔑地上上下下打量着冯如，嘴里把电报机的优越性能夸赞了一番。

他不知道，他背的说明书和广告词，正是眼前这位华人写的。

骗子挑高了眉梢，挑衅性地对冯如说，听明白了吗，中国先生?

冯如腾地火了，他重重地坐下，打开电报机，嗒嗒嗒地敲着键盘演示起来。

骗子面露惊愕，又迅即藏起惊愕的神情，环顾左右，把表情改成得意的微笑，意思是说，这电报机的性能，你们都看到了吧。

突然，冯如关掉机器，从随身带的皮箱里拿出工具，三下五除二把电报机拆解开来。

然后对骗子说，请把它装上吧。

骗子慌了，头上冒出汗了，脸早憋成了猪肝色。但到底是个老手，他迅速用满脸怒火去掩饰紧张和狼狈，挥舞着双拳大嚷，你赔我的机器，你弄坏了我的机器，你得赔我的机器！

冯如冷冷一笑，又手脚麻利地把电报机装上。

骗子没了底气，胡乱应对着管理人员的询问，声音像是抽去了筋条，可眼睛却像刀子般时常从冯如的脸上划过。

事后，两位管理人员客客气气地把冯如送回住处，请冯如尽快写出一份核查报告。

冯如料定那帮骗子不会善罢甘休，果然，傍晚的时候，红脸虎一瘸一拐地找上了门。

红脸虎脾性未改，上来就咬着字说，今天的事人家一跟我说，我就料定是你，是吗冯先生？

冯如说，你想说什么？

红脸虎说，就是请你放自重点儿，知道自己是谁，不要干涉别人的事，否则你我都不好交代。我们是老朋友了，我不希望我们之间发生不愉快。

说完也不管冯如的反应，掉脸就一瘸一拐地走了。

冯如轻蔑地一笑。第二天一早，就向工商部门提交了核查报告。

警察局随即派人搜查了这个所谓的公司，揭穿了骗局，逮捕了这伙骗子。

1909 年 9 月 21 日的《旧金山呼声报》也回顾了这个故事。

一年以前，一群骗子组织了一间无线电报机输出公司。这间公司的发起人和同谋者已经派出代理人向外兜售股票，招人投资入股。冯珠九是唯一的一个被授权检查这间公司机器设备的中国人。他很快就识破了这个骗局，并告诉了警察。警察随即搜捕了谎称拥有无线电报机而出售股票的这群骗子。

在审判这伙骗子的法庭上出证时，冯如与旁听席上红脸虎恶狠狠的眼睛对视的片刻，听到了金属相撞的声音。

六、鹰，鸽子（1908—1909）

　　冯如于1908年在美国奥克兰唐人街的一间浅窄的工场中开始他的制造飞机事业。他在那里制造了大量飞机模型，然后隐居在匹满高地，在那里开始以一架自制的飞机进行试飞。

——《旧金山考察家报》，1912年8月27日

　　刻下冯君正聚精会神拟制造一新飞艇，仿效西人飞艇家礼布·拉达（维尔伯·莱特）之式。将其一飞、一集略为改良，较诸礼君更为得法。至其详细造法，现基秘密，不肯公布，不日工成，定可飞腾空中，然后归国制造，为祖国效力云。并闻有少年华人二名从学冯君，相与操作，将来推广，未可限量。近美国有著名电学家数人，闻而往观，咸啧啧称美冯君之脑力过人，不亚于哲种云。

——《广东劝业报》第七十五期，
1909年7月27日出版

1

冯如驾着自己制造的飞机飞上了天。飞机在金焰闪耀的红云间缓慢有力地飞着。他看到在辉映着青山绿水的祥云吉光中，有许多人在他身边飞舞，向他欢呼。他看到黄杞了，他伸出手，想把黄杞拉到飞机上来。可是飞机旁一下子拥上来许多人，这个凑上来，那个退下去了，那个凑上来，这个退下去，里面有朱竹泉、张南、谭耀能，有爹和娘，还有冯树义老先生，还有妻子梁三菊。他想喊三菊，她穿着一身霓裳羽衣轻盈飞动的样子可真动人呀！

可这一切转眼就被发动机的声音淹没了。发动机的声音越来越响，越来越响。

他醒了。原来是电话铃响。青山明月梦中看，原来是一场好梦。

他拿起电话。那头是尼里，说他刚得到一份资料，马上就送过来。

座钟的时针指向早晨 8 点。就是说刚眯瞪了不到两刻钟，即不到半小时。这一夜，他又按新的想法，把修改过的起落架设计图绘制出来。几个月来，他把所有精力和情感都绘进了图纸。他日夜对着一大堆资料和图纸绞尽脑汁地苦思冥想，反复计算，思维像刀子一样清晰锋利，像水晶一样澄明透彻。他把飞机的整体结构和零部件绘了改，改了绘，每一个细节都聚焦、放大，加以丰富和完善，图纸不知绘制了多少遍。

为了博采众家之长，冯如把花曼、寇蒂斯、伯里利奥、杜蒙和莱特等人的飞机设计图都剪贴成册，还有塞缪利·兰利博士、机枪发明者马克沁爵士、画家达·芬奇、电话发明家贝尔和发明家爱迪生等人关于航空器的理论与实验资料，都放到一块儿研究比较。

冯如发现杜蒙和莱特等人的飞机虽各有不同，有的甚至相差很大，但都无一例外地你中有我，我中有你，都企图采用最好的技术，制造出性能最好的飞机，你永远也无法搞清始祖鸟是哪一只，更不要想搞清它从哪里来。这只始祖鸟无论是莱特还是杜蒙，都是从一百年来航空先驱和同行们的血汗结晶中采取精华，完成的一个轻巧而坚固的组合。就拿莱特的飞机讲，除了前升降舵为了横向操纵的机翼扭转，几乎所有的东西包括足够轻巧而功率巨大的发动机，都不能算是新的发明，然而，把前人的智慧组合在一起，却划时代地开创了伟大的通天之路。

雅号叫蜻蜓的伯里利奥的单翼机相当精巧，而莱特的双翼机被打趣地叫作带窝飞行的鸟，看起来显得笨拙，但双翼机的承载量大，可以装载更多的武器弹药，更适于军用。冯如认为莱特型双翼飞机最切近自己对飞机的想象和需要。

冯如以莱特的设计为主要参考蓝本，同时参考寇蒂斯、花曼等著名飞行家的飞机，经过周密计算，设计出了飞机以及机翼、方向舵、螺旋桨、内燃机和机身的图纸。冯如相信，莱特型飞机饱含着莱特兄弟的智慧和血汗、发现和发明，是迄今为止航空科技之树上结出的最漂亮的苹果，但它不可能完美，它还有许多未知与问号，比如趴在下部机翼上拉动手柄操纵飞机，不仅姿势难受，还影响视野；比如用滑橇做起落架，起飞时需借助带轮子的小车拉动和辅助弹射，这些都有待继续探索。

冯如独具匠心，把起落架由滑橇改成啄木鸟爪子的形状，在四只爪子的末端各装一个车轮。昨晚到今晨干了一个通宵，就是在计算起落架的坚固程度，看能不能承受得住巨大的冲力。至今，飞机的起落架还都是滑橇式的。

打开门板，冯如伸展开双臂，贪婪地倾听着清脆的鸟鸣，欣赏着鲜蓝的天空。

早晨好！快步走来的尼里隔老远就打起了招呼。

尼里带来了新一期《流行机械学》杂志，里面刊登了桑托斯·杜蒙的飞机设计图。

进了屋，冯如急忙打开杂志，尼里则拿过冯如新绘制的图纸阅读起来。冯如的图纸除构图外，还以汉字标注出每一个细小部位的尺寸比例及改进说明。

从加州理工学院毕业的尼里是一位热情、友善、富于理想的青年，自从得知冯如研制飞机，不仅四处搜集资料，还用自己掌握的知识尽可能地帮助冯如。冯如也喜欢找他商讨问题，仿佛是一种默契，无论冯如有什么想法，尼里总会站到反方与冯如争论，冯如的悟性、想象力和决心往往就在争论中被激发出来。

冯如看完杜蒙的设计图，指着自己的图纸说，杜蒙和莱特的飞机起落架都是滑橇式的，我想如果改成车轮式的，会不会更可靠实用？

尼里看着冯如新改的图纸说，为什么要改成轮式呢？滑橇看起来不是更安全吗？

冯如说，我想如果升力足够大，飞机就能借助轮子滑动自行起飞，而无须借助外力。降落的时候，滑橇与地面的摩擦面大，也未必更安全。

尼里说，从你的图纸上看，轮子包括支架的体积要比滑橇大，这会不会增加起飞的阻力呢？

冯如说，也许有一点儿，但我计算过，还不至于影响到起飞。

尼里说，这是你的第一架飞机，保守点儿恐怕更容易成功。

冯如说，如果莱特和杜蒙只知道蹈常袭故，那永远也造不出载人动力飞机。再要设计飞机，就得想着怎么才能更加实用，功能更加完善。

尼里说，这么说，你觉得挺有把握了？

冯如说，就是失败也不怕。不是说失败是成功之母吗，凡事不怕错，就怕不去做。

尼里嘴角浮起信服的笑意，赞许地说，是呀是呀，我的中国朋友，中华文明源远流长，凭你的才华和智慧，你一定能造出最棒的飞机。

冯如说，世界的进步是由全人类的智慧共同推动的。就说美国这个工业巨人，早先许多技术不也是欧洲移民带来的吗？那首《淘金者》不是这么唱吗，"你永远不会胜过杰克表兄弟"。

这是一首赞颂英国科尼什人的歌，欧洲移民无人不晓。尼里兴奋了，用他那低沉的男中音唱了起来。

> 他们来自遥远的国度
> 来自山丘上的弗吉尼亚，
> 你永远不会胜过杰克表兄弟
> 那敲打在钻头上的锤击。

在你们这些其他的爱尔兰人中

尽你所能地公正，

因为没有人能够

比得过善良的老科尼什人……

冯如边跟着哼唱，边沏了一壶茶，取出锅盖大的半只面包，切下两大块，请尼里共进早餐。用餐的时候尼里告诉冯如一个消息，由于奥维尔·莱特出色的飞行表演，美国陆军已向他们订货，在政府的支持下，他们已创办了一家飞机公司。

吃过早餐，朱竹泉等人陆续来了，紧张忙碌的一天又开始了。

2

图纸终于定下来了。设计、修改，前前后后忙活了几个月，墙角堆了一米多高的废图，冯如才用苛刻的标准给自己发了验收证。

他不是不着急，他每天都像火上房子一样的拼命干。他把《时局图》挂在床头时时激励催促自己。他必须尽快制造出飞机，这样才能吸引更多资金，为发展祖国的航空事业走出第二步、第三步。他想象时就像当年在家乡的田埂上甩开脚丫子疯跑，而求证却要一个细节一个细节冷静地抠。他必须走好第一步，第一步搞砸了，投入的钱白费了，没人再愿往里投资了，又谈何实现航空救国梦？他不怕失败，但又失败不起。他要大胆地闯，又不得不谨小慎微，如履薄冰。他身体清癯单薄，却蕴含并迸发着令人吃惊的能量。

接着是按设计图制出模型。这是冯如的拿手绝活，他自小不知做过多少手工，对其中的诀窍烂熟于心。然而他在制作时丝毫不敢大意，在加工材料、检验构架、测试重心时，抿着嘴，聚着眉，凝神屏气的就像个做功课的小学生。

他就是个小学生，他要学习达·芬奇。达·芬奇为设计飞机，先是研究鸟类拍翅飞翔的情形，后来又研究蝙蝠滑翔的奥秘。他要学习大自然，学习飞鸟。飞机能飞上天，是因为机翼的表面曲线向上突起，而下翼面是直线，流过上下翼面的气流流速不一，这同鸟类羽毛弯曲的翅膀在空中飞是一样的。他来到郊外，用望远镜仔细观察老鹰的飞翔。老鹰真是个天才的飞行家，瞧它有多自信，它平稳滑翔的模样有多美。它的翅膀、羽翎和身架是怎样的状况呢？构成什么样的关系呢？他又找来一只白鸽，称了它的体重，量了它的身躯和翅膀，从两者的比例推算它的升力。又仔细观察白鸽的双翼和尾巴的形状结构，然后在屋子里把它抛起来，从近距离观察它飞行时翅膀如何展开、翘起、弯曲，拍打和转弯时翼尖、翼边和尾巴如何运动等情形。飞机和飞鸟，飞机各部件和飞鸟身上相应的部位，在他大脑里叠合、幻化、拆解、互换，他从鸟类的飞行中，探索着制造飞机的知识。

连制作带试验，苦干了一个多礼拜，一架一米多长的飞机模型定下来了。

接着要按这个模型制作出飞机。

对于冯如，这个工作异常繁重。一是机身、机翼和尾翼、起落架、动力装置、操纵系统等制作的难度高、工量大。更重要的是，所有的工作他都要亲自动手，木工和技工也都是他，张南、朱竹泉、谭耀能，甚至黄杞都只能打下手。从开始制作飞机构件，虽然黄杞、张南、朱竹泉和谭耀能几乎全部投入进来，但他们的任务是干粗活、跑材料，料理工厂的日常事务。

购买材料也不容易，为买到合适的铜片、轻铁、钢龙、钢丝、帆布，张南和黄杞跑遍了奥克兰、旧金山和周围的几个城市。做尾舵需用轻型木材，黄杞跑遍了加利福尼亚州的几个林场，来回比较、选择，很是辛苦。

冯如焚膏继晷地工作。他选取的木材是坚硬的胡桃木和枞木。他把胡桃木和枞木剖解开，经过刨刮切削抠挖打磨，制成各种形状和尺寸的构件，用作组装机翼、尾翼、起落架和机身。机器设备不足，他就用简单工具甚至手工去做。他严格按照设计的尺寸和精度，差一丝一毫也不行。

制成的构件越来越多，有的靠在墙边，有的挂在墙上。冯如干脆停掉了工厂的所有业务，关起门，全力以赴制造飞机。工厂窄小的空间充塞着紧张神秘的气氛，仿佛通往未知世界的一段隧道。

发动机是订制还是自制，引起了几个人的争论。

张南和谭耀能主张订制，理由是"飞行者"一号的发动机也不是出自莱特兄弟之手。冯如坚持自制，理由是造飞机的过程，就是掌握飞机制造技术的过程，也是在制作中完善飞机设计的过程。发动机是飞机的心脏，与飞机的关系就像人的心脏和身体的关系，既要按照飞机的设计造发动机，又要按照发动机的设计造飞机，如果发动机不能造，就不能讲会造飞机，今后想改进飞机也必受制约，这对将来为祖国制造飞机不利。黄杞和朱竹泉都支持冯如的想法。

见张南和谭耀能仍面有难色，冯如又说，我知道你们担着心，又说不出口，发动机的构造复杂、精度高，自制太冒险，弄不好会造成浪费，甚至在试飞时会遭不测。我也担心，但要是不闯，什么也别想搞出来。我反复研究了发动机的构造，研究了冷却方式和汽缸的排列，我想并不难，我在纽约船厂学过轮船用的汽轮机，飞机上用的活塞发动机同它的原理是一样的。为莱特兄弟制造发动机的泰勒就是他们自行车工场的修理工，他能造出来，我们怎么就造不出来？

大家没有理由不相信冯如。他的经验和悟性，他对机械构造及体积、形状、大小、厚度、粗糙、光滑、近似、差异等方面的观察和把握能力，简直是个天才。

买来材料坯件，冯如一件一件地制作曲轴、连杆、活塞、汽缸、进气阀和排气阀。厂里的机器设备无法加工的，就拿到大机器厂，租用那里的机床亲自加工。

当冯如制成一台六马力的发动机时，一试，效果果然不错。

渐渐地，二十多平方米的厂房里摆满了飞机构件。

渐渐地，制造一架飞机所需的构件备齐了。

终于该组装飞机了。冯如与大伙儿跑到黄梓材的典梓农场，在一大片布满野草和砾石的撂荒地头搭建了一座工棚。

三月下旬，他们雇用了一辆马车，把机器设备和机翼、机身等飞机构件往农场拉。运输时刚下过一场春雨，郊外的碎石道路坑坑洼洼泥泞不堪，为了不损伤飞机构件，一路上要不断地帮着推车，搬石头填平路坑。马车像一个醉汉，摇摇摆摆走得很慢，从市区东九街到南郊匹满高地的伍·吉·典梓农场，一大早就上路，直到深夜才到达。

除留下谭耀能照看工厂外，张南、黄杞、朱竹泉几个都来到典样农场。但就像制作模型、制作飞机构件一样，组装的所有工序都是冯如亲自动手，其他人只能打下手。

冯如对图纸烂熟于心，他严格按照设计，一颗螺丝、一个铆眼嵌扣，一根撑杆、一根张线，像绣花一样地精心装配。但也会视情改动，比如为减轻重量，精减构架材料、缩小跨度和采用更细的钢丝张线等，每改动一处，又要经过一番复杂精密的计算。

吃住都在工棚里。一天三顿饭是张南的事，他在距工棚两里地的场舍里做好饭，然后用篮子提过来。晚上睡觉时在四面围上帆布，棚子里生上火，但还是冻得不行，干脆也不睡觉了，夜里点着马灯和篝火接着干，这倒好，在春寒料峭的夜里人更精神，特别出活。

苦干了一天两夜，飞机竣工了。

3

这是一个风和日丽的下午，飞机被推到一座土丘上。

这架飞机整体上是仿莱特的鸭式布局，而上下翼的支柱是法国花曼式的，尾撑杆又酷似寇蒂斯式，方向舵却又有点儿像莱特的飞机。就像一只蜻蜓，乍一看很简单，拉近了看，每一根经络都隐含着天工造化的秘密，除了机翼、尾舵、螺旋桨、内燃机和机身本身的复杂外，单是机上大量的支柱、撑杆和张线，就足以让人眼花缭乱。

冯如趴到飞机的下翼上了。他知道以这个姿势操纵飞机弊端很多，有待改进，但他还来不及这么做。

这将是他第一次驾机飞行，奇怪的是他一点儿都不紧张，甚至一点儿也不激动。他带着烈火激情拼命工作，朝思暮想能飞上天，在梦中不知飞上天了多少回，可这会儿却出奇地冷静。他试了试连着操纵索的手柄，然后说了一声，走。启动了发动机。

冯如的声音很平静，可黄杞、张南和朱竹泉像被电击了一般，他们铆足的劲儿倏地迸发，推着飞机顺斜坡猛跑，没跑几步，飞机就脱了手，自顾自地往斜坡下冲去。

飞机颠簸着冲了一截，到了预定离地腾空的地段却没飞起来。

又颠簸了十多步，飞机转了个身，停了下来。

发动机像一只被捆住的犍牛拼命吼叫，飞机却再也不动弹。

大家快步跑到飞机跟前，冯如已关掉发动机，从飞机上跳下来。

这么多天的艰辛努力，这么多天饱浸着汗水的期待，忽地掉进了又深又黑的陷阱，大家心里说不出有多难受。看着冯如形销骨立、眼窝深陷的模样，大家都忘了自己的难受，都想着怎么安慰冯如，可谁也不知该如何开口。朱竹泉懊丧得呜呜地哭了。

黄杞走过去，抚住朱竹泉的肩说，哭什么呀？别哭。这才遇到多点儿困难？我看啦，我们就像《西游记》里的师徒几个去西天取经，一路上注定要遇到九九八十一难，但终归能闯过去，最后终能修得正果的。

见黄杞给自己使眼色，张南马上接过话头说，那倒是，你神通广大能张罗事，又爱出风头，就算是孙悟空。我呢，我脚踏实地埋头干活，就算是沙和尚吧。这猪八戒呢？其实猪八戒挺善良的，本事也不小，就是有点儿好吃懒做的小毛病，还是蛮可爱的。

听黄杞和张南自比《西游记》里的人物，朱竹泉停止了呜咽。这会儿见没下文了，抹开泪眼一看，黄杞和张南正不怀好意地看着自己。坏了，他们把猪八戒安我身上了。朱竹泉赶紧抢白说，你们才是猪八戒哩！谁贪吃谁是猪八戒。

黄杞和张南相互使个眼色。张南说，不对呀，跟唐僧去西天取经的徒弟只有三个，可我们有四个人呀。

黄杞说，怎么是三个人呢？你忘啦，还有一个白龙马呢。对了，我看竹泉整天埋头干活，倒像是白龙马。

见朱竹泉拿不定的样子，黄杞补充说，可别小看了白龙马，他可是西海龙王的三太子，别看他平时驮着唐僧一声不吭，到关键的时候却大显神通，立下大功，取经归来被如来佛提拔为八部天龙。

朱竹泉不知他们葫芦里卖的什么药，迟疑地点点头，忽又不假思索地说，那猪八戒就让谭耀能当吧。

话一出口，把个黄杞和张南逗得哈哈大笑起来。朱竹泉不明白自己的这句话为何这么可笑，瞧张南弯腰抱着肚子，眼泪都笑出来了。

他们调侃的时候，冯如绕着圈把飞机上上下下检查了一遭。

这会儿冯如接过话茬说，比得好，我们的道路上步步艰难，什么红脸虎啦，经费短缺啦，白佬歧视啦，技术上的千曲百折啦，都是拦路的妖怪，但只要我们横下一条心，像《西游记》里的师徒几个取经那样，坚持往前闯，遇到天大的困难也不屈服，我们就一定能造出飞机来，我们的飞机就一定能飞上天！

又说，你们自比《西游记》里的人物，比得好，就我不敢像唐僧，我没那么高的修行，再说，嘿，我可是有老婆的人了。

这回朱竹泉开心地乐了。黄杞和张南这两个有老婆的光棍应和着咧咧嘴，却笑不出来。

99

朱竹泉也不乐了，他的老婆也在广东老家。

4

试飞失败的第二天下午，恰巧表舅吴英兰来了。自从同冯如发生争执后冯如执意到奥克兰研制飞机，后来再加上冯如太忙，表舅同他的来往就少了。

表舅给他带来一封家书，还有一只绣花荷包。

家书的封皮带着时光旧痕，四角已卷边破损，冯如仿佛嗅到它漂洋过海带来的家乡气息，眼睛竟有些发潮。

家书是表舅一个回乡探亲的熟人捎来的。家书实际是两封，一封是以父母名义写的，一封是妻子梁三菊的。

他先看爹娘的信。

吾儿阿如：

　　近日接尔由三藩市复来回文，所禀已悉。未释旧念，反添新忧。去年开春至今，三番五次去信催归，均以制造飞机为由搪塞，是为何故？尔此番赴美，蓬漂萍寄直望十年，今已二十有五，妻三菊更二十有六，传承香火早乃头等大事，再行徘徊耽误，唯恐冯家后继无人矣！尔立志为国效劳，全副心力以赴，不舍虚度一日，是为祖宗造化。然凡事要有眉目，当年誓言机器救国，或为正途，而今以飞机为业，令人困惑。飞机何物，前所未闻，只知不似尔少时所造风筝，连尔在美国的表舅也视若虚妄。读书治事

100

须执着，亦需要觉悟，最忌走火入魔，最忌固执死板。还须听表舅规劝，从业务实，既可挣钱养家，亦兼实业救国，岂不两全其美。表舅屡劝不听，是为何故？惟人才之于事业，需要学问，而尤需美德。尔少时学文里曰，为人子，止于孝。盼儿接信后再行三思，早归故里。又，为父咳嗽未重，三菊照顾甚周，勿念。去年风调雨顺，年成颇丰，尔手头拮据，不必寄钱回来。

父　知名不具　戊申年元月二十日

又看妻子梁三菊的信。

阿如吾夫：

接到来信，如见夫君，如在梦中。日间拥信于胸口笑出了声，被娘见笑。夜里置信于枕边，梦见夫君乘一鹏鸟腾云而上，妻仰颈呼唤，奔跑追随，翻过山岭，蹚过河水，渡过大海，时而又穿行于广州街衢，穿行于芸芸人群，不意竟被一只大手使劲扯住，妻拼命挣扎不能脱身，惊恐间一声大叫唤醒自己，方知一身大汗濡湿了衣被，羞赧不已，回味不已。几日夜夜梦见夫君乘鹏鸟而上，妻视为吉兆，又念及夫君飞得辛苦，不要累坏身子。日前教书先生冯树义来家中，带来一扎红烟、两只南瓜。先生谈及夫君在美国作为，极赞夫君胸有大志，聪颖过人，将来必被国家倚重。家翁家婆点头叹气，唯日夜焦心夫君不知归期，眉头不展。家翁每逢赶圩必问卜求卦，测夫归期。妻一切皆好，灶头田头两头照应，勿念。

随信捎上一护身符。岁末牛江圩日，从一位真人老道处求得，此物叫霹雳铁，是打雷时天上降下的圣物，经老道注入符法，言带回天上可避灾护身。妻不能伺于近前，唯日日遥祝夫君平安。

妻三菊　戊申年元月二十日

看完家书，冯如在一个土墩上坐下，从绣花荷包里取出护身符。拇指大的护身符浑如黑铁，用红丝带穿着，以掌心轻抚，一缕沁凉，又一缕温热。冯如把它挂在了脖子上。

冯如用右手托着左臂，左手的食指和拇指撑住两颊，望着远处发起愣来。

像往常一样，家书把冯如带回到家乡的老屋，冯如看到爹和娘苦着脸看着自己，爹一句赶一句地说着气话，一锅接一锅地狠劲抽红烟，爹还从来没有那么动过肝火，不住地咳嗽，摇头，一脸的怒气和无奈在烟雾中沉浮。他看到妻子三菊手足无措地站在一旁，绞尽脑汁劝慰着爹娘，又不时转过头来安抚自己，眼圈里转动着泪水，脸上却漾着笑容。他忽又回到十多年前那一夜，听着正房里爹娘的对话，和自己内心与他们的对话，爹娘的每一句都是不舍和疼爱。忽又重历八年前夜宿广州客栈，三菊给他讲英俊小伙相睇驼背姑娘的故事，和他讲嫁大公鸡的话题，三菊娇小的身子像惊恐的小鹿，紧紧依偎着他。爹娘太可怜了，他们扛着祖宗的巨大压力，却不要说对儿子最起码的要求得不到满足，甚至连个回应都得不到，连个安慰都得不到。妻子三菊更可怜、更无助，她心甘情愿地把自己放在夹缝中，撕扯着自己，不顾自己痛，只怕别人痛，她的泪是心里流出来的，笑也是心里漾出来的。

想着想着，冯如突然一激灵。八年，这八年就像冰冷的铁块猛地楔入了他的沉溺，把他惊醒。我是不是不食人间烟火，太薄情寡义了？这八年，爹娘和三菊每天都候在村口，可怜巴巴地向我伸着双手，但我给他们什么啦？我给他们的只是梦，我只是在梦里同他们交谈，同他们经历过去和未来。我只是在梦里给爹娘捧上香甜滑软的恩平烧饼，看着他们美美地吃。我只是在梦里跟三菊挨靠着，同她一道逗弄小宝宝。我给他们的只是虚幻的梦，一旦醒来，他们就不知去向，连一点儿痕迹都不存。我对不住爹娘，对不住三菊，太对不住了。我该回家乡探望他们了，该为祖宗祠堂添继香火了。爹，娘，我马上就回来。三菊，我这就回来。

冯如不觉已是泪流满面。

正与表舅交谈的黄杞见状走过来，递给冯如一支香烟，说，睡一会儿去吧，人不是铁打的，这么些时日你就没睡过踏实觉。

冯如抹了一把脸上的泪，不好意思地咧咧嘴，说，我做儿子不像儿子，做丈夫不像丈夫，欠家人的太多啦。

表舅已从黄杞口中得知试飞失败的事，他以为冯如后悔了，便故作轻松地说，年轻时谁做事能担保不走弯道，不赔个仨瓜俩枣的？吃一堑长一智，没什么大不了的。我就说嘛，过日子就像种地，你是个种地好手还怕日子不冒头？往后不造飞机，还是造你的机器，我还是过来，好有个照应。眼下呢，赶紧先收拾收拾回国去探亲，

103

了却了爹娘的心愿，比什么都强。可怜天下父母心呀！

岂料冯如说，我也不是不想回去看看，毕竟是八年了。但我早就发过誓，飞机不成，决不回国。

这……一个急转弯让表舅猝不及防，他只吐出半个字，就窘在那里。如同聋子对话，他和冯如对不上调。

黄杞见状赶紧打圆场说，造飞机不是一朝一夕的事，尤其是这次……经费已用去十之八九，接着往下搞，每一步都得花钱，飞机不上天，很难再筹到资。我看不如先回国省亲，借省亲之便，与清政府洽商投资的事，如清政府能出资，到国内去设厂研制飞机，既可与家人团聚，也可就势发展祖国航空业。

表舅木木地点点头，求助地看看黄杞，又看看朱竹泉。黄杞和朱竹泉都看着冯如。

冯如说，叫清政府出钱，我们以前也议论过，这事我想来想去不成。不是说余焜和吗，他是我们四邑同乡，两年前清政府派端方和载泽来美考察宪政，余焜和好不容易见到他们，向他们提出发展祖国飞艇事业的要求，结果不了了之。余焜和不甘心，又在去年回国直接向清政府讲制造飞艇的重要，请求给予生产飞艇的专利权，这清政府非但不理睬，还无端阻挠，你想他能为我们投资吗？再说，国内也缺乏研制飞机的条件。

黄杞说，可是，现在是退不得，进也难。

冯如说，我看没那么悲观。飞机虽没飞起来，但并没有受到损坏，眼下并不要花很多钱买材料，只需把这架飞机加以改进，就一定能飞起来。你们看……

冯如铺开图纸，黄杞和朱竹泉都凑到冯如身边。

104

冯如指着飞机构图比画说，这次没飞起来，看上去是动力不足，其实不然，像我们这样的小飞机，六马力的发动机是够用了。飞机飞不上去，问题在上翼面的弯曲度不够，上下翼面的压差小，造成了升力不足。我们只需把机翼的前缘加厚，就可解决这个问题。同时，螺旋桨和传动链条也要调整，以增强发动机的功效。再把铆接处搞得更精细些，不留突角和缝隙，尽可能减小阻力。这么一弄，我就不信飞不起来。

黄杞、朱竹泉都点头称是。表舅筲箕着双手，一脸万分气恼和无奈的表情。

说做就做。冯如说，明天我们就回城里，把车床、工作台和用得上的工具都运过来。

正说着，张南提着篮子送来了晚饭。

大伙儿又合计了一番，决定留下张南在农场看守飞机，其他人都回去运设备。

当晚，冯如在灯下给父母和妻子写了回信。

父母亲膝下：

　　来信收到。父母大人的殷切之心，儿都铭刻在右。父母大人年事渐高，儿不能近前孝伺，近又未有银信寄回，每念于此，心如乱麻，又如刀绞。然儿仍不能即归，原因仍然是制造飞机。至于儿为何全力制造飞机，前信已述，闻冯树义先生到家中探望，想必先生也会尽述此中道理。儿必能造出飞机。飞机对中国必有大用。现造飞机正值刀锋刃口，在美国十数年有功无功，当在此一举。少时跟冯先生念书，常诵顾宪成名句，风声雨声读书声，声声入耳；家事国事天下事，事事关心。忠孝不能两全，家国或能兼顾，儿如能为国造一飞机，义同反哺。料不用太久，飞机一旦成功，儿即启程回国。望父母再承担些时日，以保重身体为要。哥的小儿国球当满足岁，该抓周了吧，抓笔抓印，抓银圆抓枪戈，皆为祝福。

敬请

福安！

儿阿如　西 1909 年 4 月 27 日

另：三菊的信，内容尽悉，语中情义了然在心。我也梦见你，当是心有灵犀。我远在异国他乡，家中上有父母，下有农事家务诸多事宜，皆烦你费心照看，爹咳喘旧疾，也委你操劳。夫妻担子于你一身，辛劳可想而知，存念于心。我已发誓，飞机不成，决不回国。事急，不赘。

写完信，冯如走出工棚，一个人在夜幕下的荒原上，孤零零地站了很久。

七、一万匹马力（1909）

按前西报载：华侨冯某，肄业美国大学，所诣颇精。今独出心裁，制成双叶飞船一具，试行于美国匹满相距六英里处，腾空飞驶约半英里之遥云云。是华侨中能制造飞船者固有其人，政府盍虚心延访之。

——上海《东方杂志》第六年第十二期，
1910 年 1 月 6 日出版

1

在奥克兰东九街三百五十九号工场门前，冯如与黄杞、张南、朱竹泉、谭耀能，还有尼里，几个人把装着飞机构件的木条箱往马车上搬，准备运到南郊的匹满高地组装试飞。

今年春季首次试飞失败后，就地对飞机加以改进，再行试飞数次，均无进展，于是撤回奥克兰的工场，对飞机做大的调整。此时经费已告罄，只得一边制造机器设备出售，一边研制飞机，进展艰

107

难缓慢。正当此时，黄梓材从家乡返回美国，拿出一笔钱，使冯如能够集中精力研制飞机。几个月一晃而过，按照新的设计制作的构件全部完工，准备再度出征匹满高地。

冯如绕着马车仔细查看木条箱是否摆放稳当，相互间是否用纸板和油毡垫实，绳索是否绑牢。就见一高一矮两个白人迎上来同他打招呼。

两位来客递上名片，一位供职于《旧金山呼声报》，另一位是《旧金山考察家报》记者。

冯如先生年轻有为，是受人尊敬的发明家和机器专家，去年识破骗子公司的事，我们就曾做过报道。听说你要驾驶自己制造的飞机飞行，我们特地赶早渡过海湾前来采访，希望能得到你的支持。两位记者恭维着说明来意。

冯如制造飞机及前次的试飞，都是秘密进行的。他喜欢秘密的气氛，这符合他谨慎内敛的性格，也与奥秘无穷的天空与阴晴交织的现实有关，比如要是飞不起来，会给白人留下笑柄，同时也会挫伤同胞的期待，对投资产生疑虑。不料这种气氛反而强化了神秘的意味，大大吊起了人们的胃口，消息反倒不胫而走，成了热门话题和茶余饭后的谈资，且往往走调。华人当长脸的事谈论，白人有的好奇，有的藐视，当异想天开的笑话讲。也不乏另有企图者，就有电学专家跑来面晤这位具有传奇色彩的华人，原也是好奇，却被冯如极高的天赋、严谨进取的态度和真诚谦和的人格所折服，转而受老板指使，想把冯如引为自己做事。当然也有红脸虎这样的人像不祥的影子在四周转悠。红脸虎被打断腿从旧金山跑到奥克兰，虽不如过去那么张狂了，但让人感到那双烧灼着新仇旧恨的眼睛总在寻找着报复的机会。

冯如自然也成了新闻记者追逐的对象。记者有本地的，有外地的，也有来自遥远的中国国内的。对来访者，冯如一般都是能少说就少说，但绝不讲假话。

但后来遇到一件事，改变了冯如对保密的做法。

那是初夏的一个阴天，冯如和黄杞到一家中国餐馆吃午饭。餐馆门檐下挂两只红灯笼，门柱上写着"包办酒席，点心饼食俱全"，由于离工场近，他们常到这里进餐。餐馆里零星的散客多是华人，只有邻桌是两个白人。正吃着饭，天空突然滚过一阵闷雷，邻桌的一个白人猛地一缩脖子，两手夸张地捂紧耳朵，一脸惊诧地嚷道，我敢担保，这是那个华人驾着飞机飞上天了。另一个心领神会，抬头看着天花板，在胸前画着十字说，多么令人吃惊呀，他的发动机得有一万匹马力吧。说完两人做个鬼脸，哈哈大笑起来。

收住笑，其中一人瞟了周围一眼，压低嗓门儿说，听说当年英军进攻中国要塞时，中国人的大炮打不响，因为德国人卖给他们的是臭弹，于是他们就用马桶泼粪和女人的裹脚布来阻挡英军，中国人认为这些污秽物能驱魔镇邪，你说，就凭他们能造出飞机来吗？

另一个面相古怪地说，你可别小看了中国人，他们有一种人的职业叫道士，只需在山顶上的云雾中打坐冥想，他想要什么就能变出什么来。

这一个变得异常兴奋，说，女人，女人也能变出来吗？看看唐人街的那些男人，十个有九个打光棍，过着没有女人的日子，这些可怜的家伙，他们真该请道士来为他们变些女人。那该多有趣呀，像变魔术一样，一变，出来一个女人，一变，出来一大群女人，他们还不高兴得发疯呀。

另一个说，我想这只是中国人的一种游戏，他们在生活中缺少很多东西，没办法，就用这种精神疗法来安慰自己。这使我想起莱特兄弟的话，说他们知道有一种鸟能说会道，但它却不能高飞，这种鸟就是鹦鹉。

这一个伸出食指，眼睛装模作样地盯着食指的上方，好像鸟就站在食指上，说，鹦鹉，你是说那个自称要造飞机的中国人？多么漂亮可爱的鸟呀！

说着，两个人又呵呵地笑。

两张臭嘴直叫冯如恶心得想吐！一团热血从胸口直烧到头顶，但更多的不是愤怒，而是痛苦。黄杞没完全听懂，但能听出是轻蔑华人的话。他歪着脸，用拳头狠砸了一下桌子。几个华人散客离得远，没听到两个白人说了什么，却也受到感染。餐厅里的气氛顿时紧张起来。两个白人不再说话，脸上的表情仍带着讥讽和傲慢。

冯如本想驳斥他们，转念又想人家说的不是全无根据，而驳斥他们的理由反而显得不充分。他强压住愤懑和痛苦，并示意黄杞保持冷静。但他咽不下这口气，他有一肚子的话要说，他想到了报纸，他想为什么不能让报纸来说出我想说的话呢，为什么不能让报纸来介绍我的工作呢，难道我对自己没有信心吗？我一定要造出飞机，一定能造出飞机，通过报纸披露消息，不是更能说明我的决心和能力吗？还有一直捉襟见肘困扰着人的资金，飞机研制的每一步进展难道不是筹资的动员令吗？就是失败，就是从头再来，难道不也是强有力的动员令吗？

于是，再有记者来访，冯如一律热情接待，有问必答。

两位记者赶大早从旧金山渡过海湾来采访，冯如甚至有些感动。

寒暄过后，就进入了正题。高个记者问，你认为这次飞行能成功吗？

冯如说，飞机是当今世界最先进的科学发明，科学是试出来的，所以，在成功之前不能妄下结论。但是请相信中国人的智慧，在历史上，中国人的科学发明曾走在世界的前列，这证明中国人不比西方人笨，西方人能搞成功的东西，中国人也一定能搞成功。

两位记者相视一笑，高个又问，这么说，你是要同莱特兄弟一比高低啰？

冯如显得很坦然，说，近百年来，中国的科技发明落伍了，我们正在努力学习和追赶。就像中国的火药、指南针和活字印刷术传到西方，为西方所用一样，我们也要学习西方先进的东西，比如我的这架飞机，就是在莱特型飞机的基础上经改进制成的。

高个仍追问，这么说，你的飞机要比莱特型飞机先进了？

冯如说，科学技术不是第二个都比第一个好，不是这么简单，但总是想在第一个的基础上有所改进，总是想根据前人的经验做得更完善。我的这架飞机也力图体现我的想法，比如主要部件的配置和接驳工艺都与莱特型飞机有不小的区别，特别是起落架，是一种全新的设计。我认为飞机首先要有足够的升力，使它能飞起来，其次是要安全可靠，这关系到它的实用性，所以起落架的设计非常重要，我认为飞机应能靠自身的装置起飞和降落，因此我把起落架由滑橇式改为车轮式。无论能不能成功，这是我的尝试。

矮个记者一直在做记录，这时抬起头来问，制造飞机耗资巨大，而且很可能失败，这意味着投入的钱将无法收回，恕我冒昧地提个问题，不知冯先生得到谁的资助，是您的父亲吗？听说你父亲是在中国做生意的富商。

冯如说，对我父亲的传闻，我已经纠正多次了，他做的是小本生意，赚的钱勉强够养家糊口。还有传言说我为造飞机变卖了自己所有的金银玉器，这在我的朋友中间成了揶揄我的笑谈。至于造飞机的钱从哪儿来，这么说吧，我的旅美同胞都非常爱自己的祖国，可以说身在美国，心在中国，只要做对祖国有益的事，他们都会倾力相助，比如近来就张罗了一笔钱，准备用于为祖国兴办电力工业。这么说，你不认为你找到答案了吗？

正说着，四周聚起了一些人，黄杞走到冯如身边，眼神显有敦促的意思，高个记者向黄杞欠了欠身，对冯如说，请允许我最后再提一个问题，就在一个多礼拜前，我们报纸登了法国人勒费尔驾驶飞机失事的消息，驾驶飞机试飞是极危险的，难道您不担心吗？

冯如马上说，大约在一个半月前，贵报也登过这样一条消息，也是一位法国人，叫布莱里奥，他在大雾中成功地飞越了英吉利海峡。还有，半个多月前，在法国的兰斯举行了第一届国际航空展，短短几天里，创造了多项飞行纪录，包括法尔芒的时间纪录、安东尼特的升限纪录、寇蒂斯的时速纪录，贵报也做了报道。

高个记者会意地笑了。他蓝幽幽的眼睛仍然真诚地等待着冯如的回答。

当然，飞行存在危险性，否则人们不会把飞行比作惊险绝伦的杂技。冯如说，当年塞缪利·兰利博士首次驾驶"空中旅行者"试飞，连人带机倒栽到河里，一个月后再试，飞机弹射后遇到一股阵风，机尾折断，飞机再次掉入水中。去年的这个时候，奥维尔·莱特驾驶"飞行者"载着一名陆军中尉升空，发生事故坠毁，中尉摔死，奥维尔身负重伤。可以说飞行就是在生死线上试锋。然而，科学要进步就必定要付出代价，甚至是付出血和生命。尤其是在风云诡谲、处处都似虚无又处处都似悬崖峭壁的空中飞行，危险时刻都在你的鼻尖下转悠，一个献身航空事业的人必须做出牺牲的准备。

末了，冯如加重语气说，我还是那句话，科学是试出来的，为了我的祖国能掌握航空技术，即使面临粉身碎骨的风险，我也在所不辞。

关于试飞的危险性，冯如与助手们早已讨论过，因朱竹泉坚持要求由自己试飞，还与冯如发生了争执。黄杞想提这码事，但打心底又忌讳这个话题，便把到嘴头的话吞了回去。

两位记者肃然起敬。他们表示还会对冯如做跟踪采访，并询问了试飞日期和地点，就告辞了。

2

这回照样是留下谭耀能看家，其他人都随马车开往匹满高地。

秋高气爽，艳阳当空，但路走得仍很艰难。

正走得沉闷，黄杞哼起了家乡民谣，哼着哼着，索性放开嗓子唱起来。老婆兰花样呀，花容确系靓唔，唇红齿白身强壮，伶俐聪明人赞赏，伺爹娘，勤劳谁比上，难怪老公魂梦想。每唱一句，冯如就伴和一声"唷嗬"。众人也跟着伴和，脚下顿觉轻快了许多。

唱了几遍，黄杞停住说，干脆一人唱一支吧。

冯如就唱，九月九，去放牛，牛到河边去吃草，我放纸鸢到山头；牛牯壮，起高楼，纸鸢高，打筋斗，落到河里唤得龙王上来饮烧酒。

唱完叫朱竹泉和张南唱，两人推说不会。冯如说，竹泉你小时候放牛不也唱睇牛歌吗？竹泉说，那是同别的细蚊仔斗歌，唱出来不好听。冯如说，童言无忌，无忌童言，唱一个。

朱竹泉就张口唱，高山有棵黄竹枝，黄竹枝，舅仔你妈斩断喊我织个米箕哩。织好米箕你妈冇钱比，冇钱比噜，三更半夜剥渠皮哩。

黄杞仰脖子大笑，说，细蚊仔骂人也讨喜呀。张南笑着说，那我也斗一首。就唱，鸭蛋打开黄春春呀，黄呀春春，那边一班系我孙啰，系我个孙来，入我间屋呀，系我孙，入灰坟。

唱着笑着，大家眼里含着泪水。说话就要到目的地了，拐上通往农场的小路时，走在前头的朱竹泉突然"呀"的一声，身子一下子陷到土里半截。几个人赶紧刹住马车，跑上去一看，路中间新挖了一个大坑，上面还掩着树枝和泥土，就像猎人狩猎用的陷阱，要是陷了马，肯定要翻车。

手头没有镐和铁锹，大家扒土的扒土，抱石块的抱石块，费了很大劲才把坑填平。

把马车挪过大坑，张南忽然说，昨日我看到红脸虎在餐馆前转悠，听老板讲，他还打听造飞机的事，这坑八成是他使的坏。

这个王八蛋！所有的人都立刻认定是红脸虎干的。朱竹泉恨恨地说，先把账给他记上，找个时候把他那条腿也弄断，叫他自作自受！

到了高地，黄梓材早就做好晚饭等在那里了。三月份搭建的那座工棚早已在日晒雨淋中破败，连木材都被捡走烧火了。这回黄梓材对食宿做了安排，并已在装配和试飞的地方支起一顶帐篷。

3

1909 年 9 月 21 日。这一天，是中国在天空这片神秘的亘古蛮原上第一次留下开垦标志的日子，是中国航空史创世纪的日子。

傍晚，海风像冯如期待的那样渐渐增强。众人把飞机推上了一座土丘。

土丘西面不远，是海湾，海湾以西是一望无垠的大洋，它奔腾了亿万年，还将无休无止地奔腾下去。土丘东面是缓缓起伏的原野。在寂静燃烧的夕阳倾泼下，青黄驳杂的原野仿佛与墨绿色的海湾连成了一体，也在轰轰隆隆地运动。鲜蓝透红的天空上，云块压得低低的，仿佛是迸裂的巨大石块，也在呼呼燃烧，灼烫的边缘飘飞着毛刺刺的金焰。

登上土丘，头发和衣袂在海风中飞舞的冯如仿佛也燃烧起来。

俯仰上下，环视四方，冯如的胸中涌动着吞吐洪荒的苍凉和孤独。

他看到站在土丘下的两位白人记者了。下午的时候，两位记者突然出现在典梓农场。矮个记者还带来一份当天的《旧金山呼声报》，报上有一篇《中国人准备飞行》的文章，对冯如从研制机器到研制飞机的经过做了报道，对他准备在几天之内试飞也先期做了介绍。文章还以致意的口吻重提了冯如一年前举报骗子集团的事。在记者的要求下，冯如让他们给自己拍了一张工作照。

他向记者招招手，然后爬上飞机。

黄杞、张南和朱竹泉一起发力推动了飞机。

飞机向土丘下方冲去。越来越快，越来越快，冲到地面又滑跑了一段，轨迹便像一个放大角度的"U"字，离开大地飞向天空。

空气、大地、人的身体和心脏都仿佛在刹那间猛然收缩。

继而像怒放的山花掀动起波浪。

时间也应该在刹那间收缩，继而像怒放的山花，向未来，向更远的未来蔓延。

飞起来啦！

飞机上天啦！

黄杞、张南、朱竹泉、尼里、黄梓材激动得挥舞手臂，追着飞机跑啊、跳啊、喊啊。两位白人记者也扬手欢呼。

飞机上天啦！

成功啦！成功啦！

飞机爬升到大约十五英尺高，就改成平飞。冯如吸取17日的教训，不急于飞得更高，他要像涉过急流一样一步一步试探水的深度。他不惜玩命，但不为玩命而玩命，他要为自己的工作负责，为支持他的同胞负责，为他对祖国的承诺负责。他以土丘为圆心，操纵飞机做椭圆形绕空飞行。

强劲的海风忽地遇到倒流，有些紊乱，飞机打了个趔趄，但迅即又稳定下来。冯如镇定而机敏地操纵着飞机，胸口贴着机身，感到机翼像钝刀子费力地切开柔韧的气流，忍住强烈的快感，在剧烈地战抖。

地面上的人们跑啊、跳啊、喊啊。黄杞在凸凹不平的地面上一崴脚，狠狠地摔了一跤。从摔跤到重新站起来，他的两臂一直在向天空挥舞。鼻子下的小胡子使他更像是一个忘情的孩子。

飞机转了一圈，回到起飞点的上空。这时，与其说是发生意外，倒不如说人们始终揪着心等待的情形发生了。飞机倏然停住，头高尾低，转着圈往下坠。

哎呀！人们同时发出一声惊呼。空气猛地凝固住了。人们的脚步、表情甚至呼吸也猛地凝固住了。

正式试飞前的17日，冯如就曾为检验飞机各个装置的性能，急着飞了一次。那天飞机从大土丘的斜坡上冲下，借着惯性冲了一段，竟然腾空飞起来了。冯如第一次尝到了飞上天的滋味，虽然内心冷静如常，却难免有些急手急脚。他操纵着飞机吃力地向上爬升，当爬升到五六米的高度时，发动机突然熄火，他想操纵飞机滑翔着陆，但失控的飞机飘飘摇摇直坠地面，起落架的一只车轮与地面碰撞损毁。所幸冯如没有受伤。

17日空中停车是由于发动机过热造成的。冯如随即对气冷装置做了调整。损毁的车轮已无法修复，冯如让黄杞和朱竹泉回城另取一只轮子，他与张南留下照看飞机，并对一些环节做进一步完善。

这回是螺旋桨停止了转动。头高尾低的飞机转了几圈，哐的一声，重重地坠到了地面。冯如被甩出了飞机。

冯如！冯如！你怎么样啦？人们慌忙跑向飞机。

飞机从停车到坠落时，冯如异常冷静。坠地的一刹那，坠落的惯性和撞击地面的反弹力把冯如从飞机里抛出，他蜷曲成一只刺猬，就势在地上做了个侧滚。

冯如动动手脚，知道自己没伤到筋骨。他顾不上多想，马上爬起来去关掉发动机。

人们已聚到了他身边。黄杞紧搓着手说，先别动，快看看没伤着哪儿吧？

冯如挂在胸前的护身符从领口甩了出来，他捧着护身符亮了亮又塞进领口，笑着说，放心吧，有老天爷保佑呢。

又说，知道为什么等到风起来才飞了吧？莱特兄弟曾根据自己的经验说过，飞机在强风中飞行较为困难，但降落时却较为缓慢和安全。他们说得不错。

说完，冯如就专注地检查飞机。大家的目光都跟着冯如在飞机上搜索。冯如很快就找到了症结所在。

你们看，刚才飞机出故障，是由于连接传动轴和螺旋桨的螺丝拧得过紧，致使交接处发生断裂，螺旋桨停止转动。这说明我们缺乏经验，同时又说明我们成功了！

见大家疑惑不解，冯如指着飞机尾部的起落架，兴奋地说，这两个起落架都弯曲变形了，但飞机整体并未受损，各个零部件也没损坏。这说明什么呢？说明飞机与地面撞击得很厉害。而飞机的结构是牢固的，说明出故障只是装配上的局部问题。我敢说，只要稍加调整修理，这架飞机明天又能飞上天空。

大家冻住的脸都化开了，赞同地连连点头称是。

冯如愈加兴奋地说，我们的飞机在空中飞行了半英里，飞行性能和操纵系统良好，说明飞机各个零部件是合格的，飞机的整体设计和配置是合理的，是成功的。这最重要！

是呀，是呀，我们成功了。我们造出的飞机成功了。我们华人自己能造出飞机了。

大家又欢呼起来，一激动，把冯如抬起来往空中抛。冯如刚才摔伤了背部，痛得直喊。

大家赶紧把他放下，要看他的伤势。

祝贺您，冯如先生。高个子记者早已凑上来，说，我为您的成功感到高兴。今天是个非凡的日子，我为见证了一个伟大的事件而感到荣幸。

矮个记者也说，了不起，了不起。我们真诚地祝贺您，也祝贺你们伟大的祖国。

高个记者接着说，这也应该是全人类的骄傲。冯如先生，您能对这架飞机做一个简要的描述吗？

当然。冯如说，正如你们看到的，这是一架鸭式布局的双翼飞机。每只机翼长 7.2 米，宽 1.9 米，面积二十九平方米，发动机为一台六马力的内燃机。

您说过，您的这架飞机类似莱特型飞机，您能再具体谈谈两种飞机的同与不同吗？

可以。就比照"飞行者"一号说吧，它也是鸭式布局的双翼飞机，就是说飞机结构大体相同。"飞行者"一号机长 6.5 米，翼面积四十七平方米，动力装置是一台十二马力的汽油发动机。我的飞机总体要比它小。其实我的飞机除了借鉴莱特，还借鉴了花曼、寇蒂斯等人的多种飞机，所以与"飞行者"一号相比有许多小的不同，这些小的不同加起来就有了不小的差异。

那么，您能将今天的飞行与"飞行者"第一次成功试飞的情形做一个比较吗？

你们看到了，我今天飞了八百米，莱特兄弟那次飞了二百六十米。

是不是可以说，在航空领域，你们中国人把白人抛到后面去了呢?

不，不能这么说。莱特兄弟的那次飞行是人类历史上第一次有动力、可操纵的持续飞行，具有开创性意义。而且那是在五年多前。他们如今飞得更好了。

不，不，对于东方，我们认为您也是开创性的!而且，您下一步将做怎样的打算呢?

高个记者的机智把众人逗乐了，也把冯如逗乐了。

冯如说，我们准备在这架飞机的基础上，再研制一架飞机，发动机用五十马力的，并用钢管和中国丝绸做支架和机翼，新飞机将更加坚固结实。

高个记者说，我们钦佩冯先生非凡的才华，希望能再次目睹新飞机的试飞。

当然。冯如说，飞机是试飞试出来的。我还有一个愿望，我希望能把飞机带回祖国，在我老家广东试飞。

好!好!众人又使劲地鼓掌。黄杞激情难捺，张开双臂猛地抱住冯如，不料又触到了冯如摔伤的背部，痛得冯如直咧嘴。

4

冯如试飞的第三天，也就是1909年9月23日，《旧金山呼声报》和《旧金山考察家报》分别在头版做了重头报道。前者以特别快讯推出，标题是《中国人驾驶自制的飞机在空中飞行》，加粗黑体字提要称，"中国飞行家驾驶新式双翼飞机做环空飞行，历时二十分钟，成功地飞行了一段路程之后，飞机的螺旋桨发生故障，飞机坠落地面"。

　　奥克兰9月22日——中国青年发明家和飞行家冯珠九，于昨天下午驾驶自己设计制造的双翼飞机，在匹满高地的一座小山后面上空，冒着强风做了一次为时二十分钟的绕空飞行，显示了他的飞机具有良好的性能，并表明他的经过改进的飞机，已经达到完善的地步和能够如意地操纵了。

　　当在空中试飞了约二十分钟之后，他来不及做更高的飞行，便遇到了意外：飞机螺旋桨的机轴突然断裂，飞机迅即坠落地面，冯珠九被抛出飞机之外，从而结束了这次飞行。

　　冯珠九是昨天下午六时在匹满高地后面的典梓农场宿舍附近做这次飞行的。冯珠九的助手之一、旧金山第九街三百六十七号中国餐厅司理张南，协助冯珠九在现场把飞机装配完竣后，随即起飞。一个华人青年助手和附近的几个农民目击了这次飞行。飞行高度保持在十至十二英尺之间。在未经试验证实性能可靠之前，冯珠九不愿意冒险做更高的飞行，以策安全。飞机飞行了半英里之后，坠落在崎岖不平的地面上，并没有发生事故。看来，飞机的结构牢固，性能良好。

　　这架飞机有两只机翼，和普通的双翼飞机一样，分别安装在机身的上下。每只机翼长二十五英尺，宽六英尺三英寸。发动机为一座六马力的内燃机。为了提高飞机的飞行性能，冯珠九在飞机的两只主翼之间靠近方向舵的地方，增加了一只副翼。增加这只副翼，是为了调节气流，使方向舵能更有效地工作。

冯珠九说，他将制造另一架和现在的这一架相同、但更坚固的飞机，并再次飞行。计划制造的新飞机将用钢管做构架，并配上马力更大的发动机。

《旧金山考察家报》的标题即是那天没有得到冯如认可的提问，《在航空领域，中国人把白人抛在后面》，也加了黑体字提要，"奥克兰市天才的发明家，驾驶以自制的发动机为动力的飞机，在海岸首次飞行"。同时还配发了两幅照片，一幅是飞机全貌，另一幅是冯如工作照，冯如身穿背带工装裤，正用扳手拧紧后起落架上的螺丝。

此事已记录史册：中国飞行家冯珠九驾驶一架动力飞行器，在太平洋岸边做首次的成功飞行。

居住在奥克兰的冯珠九，是一个在技术上颇有名气的机器专家。他打破自己民族的传统迷信，在星期二黄昏时分，完成了一次飞高十五英尺，航程超过半英里的飞行。因机器发生故障，飞行被中断，冯如被抛落在地面上。他的这次飞行的全过程，都在远离居民区的伍·吉·典梓农场附近的一个大土丘进行。这地方现在称为匹满高地。

只有中国人看到他飞行

冯珠九是在黄昏时分做这次飞行的。除了他的三个中国助手外，没有别的旁观者。他驾驶的这架双翼飞机，下面的起落架形状像鸟爪，末端安装着四个车轮。冯珠九驾驶这架飞机，环绕大土丘顶部，做一椭圆形的航线飞行，几乎飞行到起飞点的上空。

正当冯珠九准备转弯进行第二圈飞行时，飞机突然发生故障，螺旋桨停止转动，飞机立即头高尾低，迅速向下坠落。飞机起落架尾部的车轮首先与地面碰撞，起落架弯曲变形，冯如被抛出飞机之外，幸未受伤。

螺旋桨突然停止转动的原因，是由于连接传动轴与螺旋桨的固定螺丝拧得过紧，致工作一段时间后断裂，不能传动所致。

希望在广东表演飞行

冯珠九相信自己设计制造的这架飞机是成功的，便于昨日早上和他的助手将飞机拆卸装箱，运回奥克兰他们的小工厂，并宣布继续努力，制造更牢固、更大马力的飞机，用来在祖国广东的上空飞行。

这位中国飞行家从去年五月开始，便在奥克兰东九街三百五十九号的小工厂内制造飞机。上星期四，他和他的三个热心为祖国航空事业而奋斗的助手，艰难地把飞机运到人迹罕到的匹满高地，在那里把飞机组装完竣，准备飞行。

第一次试飞的挫折

冯珠九宣称，上星期五晚，他曾驾驶这架飞机，爬升到四分之三英里的高空。然后，在着陆时发生事故，飞机的气冷式发动机由于过热而停止工作，他来不及操纵飞机下降，飞机便坠落地上。起落架的一个车轮在飞机坠落地上时撞毁。

由于要另外提取一个车轮来替换，冯珠九和他的助手只好由两个人去取车轮，两个人留下来，在飞机的旁边张开一个六平方英尺的小帐篷，在那里度过一个寂静的夜晚，看守着飞机，以防路过的旅行者和不法分子破坏。

以莱特型飞机为蓝本

冯珠九的飞机与莱特型的双翼飞机相似，没有什么新特点。

谁在财政上资助冯珠九、张南、谭耀能、黄杞四人花费时间去试验飞行？这是一个谜。他们以东方人的诚实态度解释说，他们只是省下了一点钱，并且正好在研究机器而已。有人说，冯珠九在广东的富有的父亲，在经济上援助他们研制飞机。冯如加以否认。

计划制造更好的飞机

冯珠九正在计划制造一架和他现在的飞机同类型、但在材料和发动机的马力上都大加改进的新飞机。这架计划中的新飞机以钢管和中国丝绸做原料，配以五十马力的发动机。

不能不欣赏两位记者把握新闻要点的能力，两篇报道都以中国人为核心词汇，中国人，这个词准确地抓住了事件的意义所在。

新闻振聋发聩，在旧金山、奥克兰乃至更广大的地区引起轰动。尤其在华人群体中引起的反响，绝不亚于一万匹马力。

124

5

一向拒客、冷清多时的东九街三百五十九号工场热闹起来，凑热闹看新奇的，洽购机器的，咨询技术的，了解飞机制造情况的，带着不同目的套近乎的，从早到晚川流不息。冯如常去吃饭的餐馆也是每天爆满，人们推杯换盏，猜拳行令，释放着内心的快意和郁结。华人喜功，场面上的事也找上门了，华人会馆、商团有事没事都拉冯如去撑场面。走到街上，谁见到都热情地打招呼，买东西都推推搡搡不收钱。不善交际、沉静内敛的冯如感到浑身不自在，甚至有些害羞。他不适应这种状态，他不喜欢高谈阔论，也没工夫来应酬，他要静心研制新飞机。但自己的同胞难得的舒心释怀，又让他感动和留恋。

洽谈投资的也找上门来。华人商团、致公堂、旧金山机器和电力企业，过去曾经谈过的几拨人走马灯似的又走了一遍。

也就又走了一遍。冯如抱着很大的期待同他们谈，到后来都很失望。对方都很热情，甚至很慷慨，许以优厚条件，但仍是各有所图，关注点仍然都不在制造飞机上，制造飞机只不过是一个招牌，一个权宜之计，说到底，在他们的眼里，造飞机仍是一种冒险游戏，不要说能不能飞上天，就是飞上天，也就是显个能耐，是赔本赚吆喝的事。他们要的仍然是冯如的技术和名望。刘一枝仍是代表商团，说，商团的大佬对你一飞冲天十分钦佩，但对投资造飞机仍心存疑虑，还是执意让你主持电力项目，要说转他们很难。见冯如态度未改，末了刘一枝丢下话，说，你要是不同商团合作，我个人愿意同你合作。

125

清政府的差使也找上了门。此人叫吕连第，广东鹤山人，早年中举，会试落第回乡，两广总文案张鸣岐把他招为幕僚，张调任广西布政使又把他带到广西。吕连第以缎面请帖把冯如邀到旧金山唐人街的鸿宾楼。席间，向冯如详细了解了飞机的性能和用途，听说能用于军事，他兴趣大增，直言快语叫冯如跟他回国，日后必委以重任建大功业。冯如就提余焜和想回国造汽艇而不得的事。吕连第说，人和人不一样，如今张藩台通达时务，思想开明，在广州时就力推新政，到广西后更是放开手脚，开办农林试验场、农业学堂、法政讲习所，设立电报局和警察局，筹建铁路。为此广延人才，比如为编练广西新军，就聘用了大批留日陆军士官生。吕连第说，实不相瞒，我此番就是为在侨界物色英才来的美国。

冯如被说得心动。

吕连第见状举杯道，你要是痛快，这次就跟我一起走。

冯如说，容我再想想，这也不是我一个人的事。

吕连第说，也好，你说说需要什么条件，我回去好禀报藩台。

第二天回到奥克兰，冯如把吕连第的意思同大伙儿讲了。黄杞说，好风凭借力，我看不妨跟他跑一趟，最不济也可回一趟家，了却爹娘的思念之苦，若能把开厂的事办妥，岂不更好？

冯如说，这事不能摸黑走，得借着亮走，这清廷眼看着风雨飘摇的，还靠得住吗？何况我们的飞机虽飞上了天，但并未完全成功，要有十足的把握，还得抓紧研制，提高飞机性能，现在正是节骨眼上，耽误不起。我想我们干我们的，让他回去操办，他要真能成事，再回国也不迟。

见冯如已拿定主意，张南着急地说，那就赶紧定下来，这个资金怎么筹？钱袋都瘪了，房租还追着，下一步造飞机的材料更讲究，花费会更大。

这事冯如已同大家商议过多次了。

试飞成功的消息见报后，在旧金山、奥克兰等地华侨中激起了一阵冲动，虽然与商团没最后谈拢，但许多华侨私下里都很积极。黄梓材对冯如说，要花钱你只管说，这飞机一上天，侨胞们就像过年一样，从来没这么舒心过，大伙儿说，花钱造飞机，哪怕就买个扬眉吐气，也值。

冯如知道，在侨胞中间募资的时机已经成熟了。他想借机把工厂扩充为公司，以公司试制飞船招优先股名义，公开招募优先股东，创造条件加紧研制飞机。

冯如说，好，今天就把这事定下来。于是便把考虑多时的计划和盘托出。

冯如的话刚落音，朱竹泉就迫不及待地说，我算一个，我出两百元！

谭耀能说，你不养老婆啦？你老婆还在老家等你寄钱呢。

朱竹泉反问道，我是跟着师父学的，师父能把挣的钱全用在造飞机上，我为什么就不能？

众人点头称是，于是都报了钱数。谭耀能问前次各人拿出的钱是不是也应计入，冯如说那当然。

随即就起草招股书。半道里黄梓材和刘一枝也赶来了。大家边议边写，一直到下半夜才写好，晚饭都忘了吃。

这份《广东制造机器公司试办飞船招优先股简章》规定，优先股"每股收银一元，先造飞船二只，至飞船成功，声名昭著，随后招集大股，在祖国择地设厂，或专造飞船，或兼造各种机器。至公司成立开办前交来之优先股，伸中国通用银，以香港币为本位，每一元作五元，与日后普通股每股五元无异，利益均沾，以昭公道"。

简章对利益分配规定得很细，"日后飞船成功，凡所获特别赏银，以及赛演各项进款，公议除若干归公款外，其余分作十份，以七份归优先股东分派，以三份归各创办人及工务人所得：内一份归总机器师，其余二份分作五份，内二份归工务人，交总机器师照等级分赏；又二份归各创办人，交总（经）理分配；又一份归担任招股过千元者分赏，以酬其劳。倘或得有特别赏物，归各工务人所有。至本公司得有利权之时，各办事人工金，一切由众股东公议"。

简章还规定，"本公司总机器师冯如制造飞船，日后禀请政府查验，如准给专利权，归本公司所有"，"公司现收优先股及日后公积金银两，俱附贮稳固银行，公推黄梓材、冯如、刘一枝、朱竹泉共同签名附贮。至起银应用，亦要此四人同往起领，不得私自提取，以昭慎重"。

大家还议定，冯如、黄梓材、刘一枝、朱竹泉、张南、黄杞、谭耀能七人为公司创办人。

末了，冯如自信地一挥胳膊说，我们造飞机是为了壮国体、挽利权，而今美国陆军已向莱特兄弟订货了，我相信不用多久，中国军队也会用上我们的飞机！

朱竹泉也学着冯如一挥胳膊，说，在飞机上安枪安炮，把那些在我们国土上为非作歹的番鬼撵出国门，谁再敢来犯，就叫他有来无回！

大家都开怀地笑了。

八、金砂 (1909—1910)

遂于纪元前五年九月在屋仑（奥克兰）埠租厂开工，翌年四月告成，运往打林可市麦园试演无效，而屋仑工厂又复被焚，长途多厄，志士短气，熟知君固再接再厉也。旋即在麦园支盖蓬屋，重新构造……

——《东方杂志》第九卷第五号，

1912 年 11 月 1 日出版

试演又是无效，再造第三只。斯时也，风雨交侵，霜云满地，冯君不以为苦，专心致志……又造第五只。适值美国人胡礼氏、屈氏在罗生枝（洛杉矶）埠试演飞机，冯君不惜重资，与其徒朱竹泉到场参睹，欲借以增广见识。不意西人吝甚，拒人于三里之外，不准近前偷看。冯君扫兴而归，日夜寻思研究飞机灵动之法，至是年五月告成，试演几次，仍未尽善。冯君以机量通重，稍为变通，至十二月第六只又复告成，即时试演，仍然如故。惟时公司股本已十费八九，再欲招股，股东以六次无效，不肯集资。而冯父母见冯君久而不归，屡函催其回家。冯君仅用好言慰复。每对人曰：倘飞机不能成功，誓不复回祖国。遂将余款再造第七只。其苦心毅力，比诸哥伦布寻得美洲，何多让焉。惟机虽灵动而一间未达，仍未敢信。

——广州《时事画报》，1912 年 9 月号

1

招募优先股的消息发出后，设在旧金山大光书林的收银处就没清闲过。

大光书林听起来像个书店，实际是刘一枝和朱竹泉合开的商店，营销机器零部件。店堂如同中式人家的堂屋，颇为宽敞，他俩在门内左侧放了张木桌，负责接客收银。他们同来宾从早到晚地谈飞机的性能和用途、造飞机的目的、公司的现状和前景、招股简章的各条各款，等等。来者多数是熟人，或熟人的熟人，那也要从头谈起，以前即使知道的，了解得也不会透。来人临走时都会掏出银子，账面日日看涨。这边的公司创办人，刘一枝一下拿出三百元，黄梓材两百元，其他人新攒的钱又尽数掏出。这两头一加，公司的腰包鼓了起来。

投股人中有个叫朱兆槐的，跑到大光书林一聊，原来与朱竹泉是同乡，同是广东新宁平岗乡大明塘村人，再一聊，原来还是同族兄弟，两人自然觉得亲上加亲。跟朱竹泉聊完，朱兆槐说，我要见

冯如师傅，我有要事跟他讲。

冯如风尘仆仆刚从外地回来。岁尾年头，冯如一边忙着研制新飞机，一边忙着购置工具设备。工欲善其事，必先利其器，他按照研制新飞机所需，购置了虎头钳、车床、软化坚硬的美洲胡桃木和西班牙槭木用的蒸汽承轴箱、装订和分割木材用的大型木凳，等等。与过去的相比，它们要更精密，更合用，性能更好。此外还购进了制造机翼和螺旋桨的槐木、帆布、铁丝，制造发动机的钢龙、轻铁、铜片等材料，以及加工用的熔钢模、熔铜模、熔模承几、承机器杯、钢锯机，等等。有些东西，比如制造发动机的钢龙，在旧金山及就近城市出售的达不到要求，得跑到洛杉矶等地去买。

朱兆槐与冯如年龄相仿，大眼隆鼻，坦诚、自信的神情透着机敏，冯如一见就有好感。朱兆槐讲述了自己的身世。他家境贫寒，1904 年跟随族亲来旧金山讨生活，两年前被介绍到一个小金矿采矿，不料矿井塌方，三个华工被埋，就朱兆槐侥幸逃出了矿井。矿主封了井，把矿井当成死难华工的坟墓，随后扔给他一小袋金砂，说，你要么拿着这个袋子另谋出路，走得远远的，要么跟我上法庭打官司。这类事朱兆槐听得多了，深知天地的黑暗，就跑到一座葡萄酒园去当苦力。可不久就听说矿主勾结警方，诬称几个华工抢了金子，捣毁矿井逃跑了，警方正在通缉他们。朱兆槐本来就对惨死的同胞有一种负罪感，他一气之下跑回金矿，要拉矿主去对簿公堂，在争执中扭打起来，矿主拔出手枪，他在夺枪时枪走了火，矿主应声倒地，左肩负了伤。事后朱兆槐也不躲避，跑到旧金山的渔人码头当搬运工，等着矿主报复，却左等右等不见动静，后来才得知矿主怕被揭底，早已逃之夭夭了。

131

朱兆槐拿出牛皮袋，说，这里面是三个同胞的命，我本想有一天回国时交给他们亲属的，现在我改了主意，我想这些钱若能为制造飞机出力，为祖国的强大出力，那更可告慰遇难同胞的在天之灵。

冯如眼睛发热，他捧住朱兆槐的手说，这钱我收下了，算作你和三位死难同胞的股金！

朱兆槐说，我还有个请求，我想跟着你一块儿干。

冯如不假思索地说，好！好！公司扩充后正缺人手，你来吧！

公司确需增加人手，前几日还进来一个叫司徒璧如的年轻人。司徒璧如是广东开平人，1902 年十九岁时随亲戚赴旧金山，在一家杂货店干清洁等杂务，工余入学校学习技工知识。司徒璧如也是个热血青年，看到招股简章，立即倾其多年积蓄，投资一百八十股。

增加了人手和设备，生产上有了改进和分工，研制飞机的进度也随之加快，公司成立不久，即制成了一架飞机。

匹满高地的典梓农场路途远，每回运飞机都很费劲，更重要的是地势倾斜，沙土质地面暄松，已不能适应新设计的飞机试飞，于是联系到奥克兰以南可林达镇的麦园试飞。

到了麦园一试，飞机吼叫着只能在地面滑行，打转，不能升空。

这也在冯如预料之中。他已经飞上了天，这架飞机也是在前次的基础上研制的，但两架飞机不能同日而语。冯如有清醒的计划，他第一架是要能飞起来，是要证实自己能飞起来，飞起来就是目的，飞起来就是成功，而这第二架飞机，必须向最新技术看齐，是要能用，要有优越的性能和实用性。在很大程度上，第一架是飞给华侨同胞看的，这第二架才是与世界的翅膀比着飞的，这架飞机的发动机马力要大出许多倍，飞机的结构、体积、重量、重心和坚固度等也随之变动，而且要改成坐式驾驶，要求高得多，难度大得多。

飞机飞不起来，冯如立即将飞机拆卸运回工场，经检查研究，改进设计和工艺，更换部件，重新组装，很快又制成了一架，但试飞仍然无果。再重新设计，造出第三架，再试飞，较前略有进展。于是加以改进制成第四架，这一次倒是飞起来了，但爬升了不到丈把高就突然坠地。也幸好只丈把高，冯如幸得无恙。在不到四个月时间里，冯如马不停蹄造出四架飞机，均告失败。

冯如心急上火，嘴上起了燎泡，用了几盒清凉油也不见效，人也越发消瘦，身上穿的衣服变得晃晃荡荡的。

就当此时，尼里得到一个消息，说莱特与一位叫亚屈的飞行家要在洛杉矶搞飞行表演。近年来，莱特的飞机资料很少发表，冯如决定前往观摩，相信必受启发。

尼里和朱竹泉陪着冯如到了洛杉矶，住进旅馆，专等观摩飞行。岂料事到临头，兴冲冲赶到现场，却被告知只能在三英里之外观看，不得靠近，也没有商量的余地。

通往机场的路口聚集了不少记者和航空爱好者，众人议论纷纷，有抱怨的，有发牢骚的，也有替莱特开脱的，说，这也难怪，飞机已可供实用，已是昂贵的商品，防止技术失窃可以理解。说早几年莱特兄弟就深信飞机可用于军事侦察，跑到陆军部自荐，却碰了一鼻子灰；找到英国政府那儿更是被泼了一头凉水，莱特说我飞给你看，如果达到你的要求，你再购买，得到的回答却是即使飞成功了，政府也不负购买的责任。莱特兄弟失望透了，此后停飞了相当长一段时间，就是怕自己的发明被人剽窃和模仿。

五千米之外只能看个热闹。想起当年从纽约跑到俄亥俄州的代顿求见莱特兄弟，遭遇其妹妹凯瑟琳的警觉和婉拒，今天又未能如愿，冯如心里很不是滋味。

回到旅馆，冯如拿出随身带来的一本小说胡乱翻看。小说名叫《大空战》，是 H. G. 威尔斯的新作，他想象的大空战霹雷声声烟火滚滚，与冯如的心境混搅在了一起。

冯如同尼里、朱竹泉只好回到奥克兰。

这天一早，又有一位华侨找上了门。这位腰弓背驼的老华侨叫梅伯显，开平人，六十五岁了，十九世纪六十年代在家乡的土客械斗中当了俘虏，被从香港当"猪崽"卖到美国筑铁路，至今孤身一人。他颤颤巍巍把一个红纸包交到冯如手上，又咳又喘地说，我这辈子想是回不了国了，这钱拿去造飞机吧，若能派上点儿用场，也算我这么多年一直念着祖国。冯如感动地说，老伯您放心，我们不会辜负您的。您年岁大了，要好生保重啊！是的是的，老人咳着说，我还算幸运，当年同我一道被卖到美国的年轻人，有的死在贩"猪崽"的船上，有的死在修铁路的工地上，活着的没几个了，我这也算是帮着客死他乡的同胞超度亡魂吧。

当把老人送出门，冯如看着老人踽踽独行的背影，恍惚看到了祖国的影子，胸中翻腾起一股火烈而苍凉的情绪，他情不自禁地大声喊，放心吧老伯，我会加倍努力，尽早把飞机造出来！

2

梅伯显老人一下子投了两百元。从公开招募优先股至今，入股股东已有六十七人，股金五千八百七十五元。

1910 年 3 月 7 日，广东制造机器公司召开了优先股东大会。这个会早就想开，可冯如忙得一直顾不上。会上选冯如为总机器师，总揽生产及技术工作。黄梓材、刘一枝当选正、副总（经）理，负责营业；朱竹泉为司数员，掌管会计及财务。黄杞、谭耀能、张南、司徒璧如，还有李云屏、刘希煜、张椿清、张炳洤、陈良赞、陈秋生、林荣铎、朱三进、刘显琼等十三位优先股东，被选为议事值理。"所有重要事件，须由总理招集值理，公议而行"，"公司进支数目，每年集各值理核算，签名为据，刊印征信录，分发各股东，以昭清白"。

前头造了四架飞机均告失败，现在分工理顺了，冯如的压力更大了，他要尽快把新飞机造出来，飞上天。

可谁也没想到，就在这时，一场横祸猝然而至，且几乎是灭顶之灾。

冯如研制的新飞机，尝试用钢管做支架，用丝绸做机翼，发动机用五十马力的，但连着四架都失败了，他认为这是由于机体过重，必须加大发动机马力，同时减轻机体重量。这不是简单的事，从发动机到机体，从整体结构到每一个零件，都要以失败为参照，重新精确计算。他不能像莱特那样，在地面做风洞试验，不能像研制西药那样，用试管和显微镜去分析药理与成分，而是像研制中草药那样用舌头去尝，用身心去体悟。飞机连着他的血肉，哪儿疼，哪儿痒，哪儿舒展活络，哪儿梗阻僵滞，他更多的是依赖实践，依赖试错法，依赖经验与悟性，因此风险也更大。

灯下摊开的图纸，有自己设计的，有莱特兄弟设计的，也有寇蒂斯和花曼等人设计的。冯如仔细地比照着，思索着它们的优劣，

135

对于自己飞机的缺陷，思索着怎样去改进、完善。他苦苦地思索，恍惚中，他看到图纸卷曲站立起来，长出翅膀，长出脑袋，长出了尾翼，它扑动着翅膀，一扑一扑地飞起来了。它通体灿亮，尾巴分开叉，拖得老长老长，如同一只金色的凤凰。凤凰鸟缓慢地扑动翅膀，一扑一扑，飞向天边的红云。翻滚的红云像一片火海，它飞进去了，像是在火海里沐浴。它拼命挣扎鸣叫，又像是狂歌劲舞，激起一阵阵火焰的巨浪……

一口气憋在嗓子眼里，冯如猛地醒了。

不好！失火啦！

靠近门窗的飞机构件和工具，木质、布质、胶质、皮质、纸质等易燃的东西都哔哔剥剥地燃烧着，窄小的工场里弥漫着炙热的浓烟和刺鼻的焦煳味。哗啦一声，门扇垮塌了，风灌进来，推着火焰的浪头往里滚，甚至吞噬了桌上的图纸。情急之中，冯如一骨碌爬起来，一把将图纸揽到怀里，冲到门外搁下，又反身冲进大火抢救资料。他想呼救、报警，但首先要做的是抢救资料。

此时是凌晨5点，寂静的街道被大火吵醒了，左邻右舍都爬起来救火，有的端盆泼水，有的用树枝、铁锹扑打，但火势很凶，房子成了火罐子，人已无法入内。冯如满身满脸烟痕，疯了一样往外抱东西，人们强拉住他。冯如拼力挣脱，人们死死地拉住了他。

等消防队赶到，房子已被烧毁垮塌。天也大亮了。

据现场勘察，这场火灾疑是人为纵火所致，门窗是浇了煤油点燃的，并且还从门窗缝隙往屋内灌注了煤油，火一旦燃起来根本无法施救。来现场的两位警察，其中一位当年参与过处理骗子公司的案件，对冯如很敬重，临走时对冯如说，他们会敦促立案调查的。

说完又摇摇头，重重地叹了口气。

工场废墟上袅动着丝丝线线残余的烟缕。陆续赶到的朱竹泉、司徒璧如、黄杞、谭耀能、张南清理着瓦砾和灰烬，搜拣没烧毁的金属材料，搬出受损的工具设备。火灾造成的损失惨重，预制的飞机翅膀、构架，备用的材料，还有一些无线电器材，能燃着的都毁于一旦，虽经冯如拼命抢救，图纸和资料仍损失了大半。

人们都万分沮丧。继而是愤怒。

人为纵火会是谁干的？大伙儿清理着废墟，一边骂骂咧咧猜测纵火犯，实际上在明着骂红脸虎，不是他也是他，不会不是他。朱竹泉咬牙切齿地说，我早就讲要给他点儿厉害瞧瞧，免得他得寸进尺，无所顾忌！

晌午，表舅吴英兰也来了。表舅打摆子般直发抖，一会儿站，一会儿蹲，咂了一锅烟，又咂一锅烟，唉声叹气，摇头，嘴里唠叨着，造孽呀，这可怎么是好，难哪，却似憋着满肚子话说不出口。

冯如蹲在地上归置抢出来的资料。他的衣襟上有大片煳斑，脸上和手上多处灼伤，见表舅来了，打过招呼，继续埋头整理资料。自从到奥克兰专事研制飞机后，因为忙，也因为隔阂，除了到旧金山办事，拐弯看望表舅，冯如很少同表舅见面。表舅交不起人头税，老婆无法过埠，至今无儿无女，当初带他出来，就是想身边有个取暖的亲人。冯如想，这么些年，表舅也确实把他当儿子看，冷暖总是惦着，就是发生争执，且不论是对是错，总归是操着份心。可我呢？不但没给他一点儿慰藉，反成了他不得安生的一块心病，我是不是对表舅太冷酷啦？这会儿不知怎么就想起表舅的好，就感到对不住表舅，心头不由掠过一阵悲凉，突然就想哭。

半天，冯如慢腾腾站起来，本想安慰表舅几句，不想嘴巴却自作主张说，舅，我还得干，还是那句话，苟无成，毋宁死！

话一出口，冯如就眼巴巴看着表舅。表舅像挨了一棍，身子歪了一下，被冯如疾手扶住。冯如心甘情愿地等着表舅数落，没想表舅却也出人意料，说，阿如啊，你就干吧，人各有志，舅支持你，缺人手就说一声。

这可是头一回。冯如紧绷着的眼皮一下就松了闸，泪水夺眶而出。

3

一棵树上的果子有甜有酸，连着造出四架飞机均受挫，而今厂房又遭焚毁，制造可用的飞机还能不能成功，何时能成功，前程更加渺茫，公司几个创办人也是各有想法，有人感到沮丧、失望，开始犹豫动摇。

遭遇如此横祸，冯如也痛苦沮丧，但这一切很快就过去了，而后是感到兴奋，感到刺激，猝至的风暴只会激发他的激情和斗志，而绝不会让他退却。他喜欢接受挑战，喜欢激烈的博弈，这里头有太多的可能和机遇，有太多的乐趣，困难和不测越多，越有乐趣。他相信明天，在奋斗的途中，不管是走、是跑，还是爬，他都有使不完的劲，都保持着充足的信心和乐观的情绪。有时他会被巨大的孤独感笼罩，但就像阳光驱散黑夜，巨大的幸福感就从这孤独感中冉冉升腾起来。

他理解大伙儿的心情，也知道大伙儿都在看着自己，他也不多话，事发第二天，就领着大伙儿把工具设备运到可林达镇的麦园，在那儿搭建了一个工棚，一边修复工具设备，一边安排人去购买缺损的材料。冯如坚忍不拔地往前走，边走边把大伙儿带出郁闷徘徊的气氛。

好似什么也没发生过，冯如一如既往专心致志地研制飞机。要说发生过什么，那就是他的身体里被注入了一股新的力量，他白天埋头制作，夜晚在马灯下没完没了地计算，风雨交侵的天气，他更觉神清气爽。

他手里握着一块冰，另一只手握着一团火。他急切而耐心地工作着，机翼、尾翼、机身、起落架、操纵系统和各种机载设备，一件一件工艺精巧的飞机零部件在他手里诞生了。他把发动机装了拆，拆了装，计算又计算，反反复复地改进。

他想心无旁骛地工作，但有时也身不由己。这年8月，加拿大工程师麦克迪驾驶寇蒂斯双翼机，在纽约州首次取得空中与地面之间无线电通讯成功，由此又掀起一阵无线电热。奥克兰华侨商团邀请冯如担纲，也张罗着搞一场无线电通讯表演，以彰显华人的智慧和能力。冯如抽时间精心准备，做了完美的表演，奥克兰各报均大力宣传，并配发冯如表演的照片，华人群体人心大振。

冯如在棚子里日复一日埋头苦干。偶尔，他停下活计伸伸四肢，一抬眼看到了山林间那丛鲜红的青春血树，呼呼地燃得正旺。光阴似箭，初到麦园时，东北面那片山林正万木葱郁，繁花锦簇，转眼间已是层林尽染了，那片杂生着枫树、槭树、橡树、桦树和米严罗的山林，呈现出了色彩斑斓的秋景。

然而，冯如同助手们千辛万苦先后造出的两架飞机，虽努力改进，却仍不能飞离地面。已经是六次了，成立公司以来已经失败六次了！

在失败的孤寂中，冯如有时也想，我非得造飞机吗？这样做值当吗？就是干成功了，值当吗？反过来想，要是干别的，生活恐怕早已是另外一个样子了，但那是我的生活吗？不，绝不，那样的生活没劲，我不要那样的生活，我要清醒有力的生活，我要能从中嚼出酸透甜透苦透辣透的生命滋味的生活，我要真真实实的生活，要实实在在踩在大地上的生活。这个大地是什么，这个大地就是祖国，就是家乡，只有为它造飞机，我才觉着是踩在这块大地上，我的心才安稳、踏实，我才觉着我是活着。

冯如毫不气馁。他的眼睛始终朝向前方。他接着研制第七架飞机。

前六次的设计蓝本都是莱特式飞机。在第四架受挫时，冯如就专意研究了花曼式飞机，认为花曼式升力好，去年8月在法国兰斯还轻松赢得了耐力锦标赛的高度锦标，按照自己的技术配置，改以花曼式为蓝本也许更合适。原先看中莱特式，是因为这只"带窝飞行的鸟"虽显得笨拙，但承载量大，利于今后实用，现在比较来看，花曼式兼具了升力好和承载量大的双重优势。这第七架，就以花曼式飞机为主要参照，同时借鉴莱特、寇蒂斯飞机的优长，对设计做了大幅调整。

完成设计，尚未来得及完成制作，在火灾原址重建的厂房已告竣工，大伙儿收拾好了家当，准备迁回奥克兰东九街。

就在将启程的前一天，陈石锁来到麦园。陈石锁拿出几张稿纸，说，前日的《旧金山呼声报》登出一篇文章，华人看了无不振奋，致公堂的唐琼昌先生更是将其译成中文，准备发往国内刊载，想请冯先生过过目。

《旧金山呼声报》云：屋仑（奥克兰）华埠中，有一机器齐备之小厂，华人青年冯如者勤操工作于其中。其所制造乃空中飞船也。彼之奢望借此飞船惊动凌空世界。近六月以来，冯如以竭其心智，制造机器，尚有华人青年数名为之助，且深信此机一成，必能超出白种飞船发明家之上。去年秋间，冯在匹满山地，曾乘自制之飞船，腾驶数英里，自后人已忘之，而岂知其密藏华埠和麦园，专事制造，较前更精。冯如所造之飞船，乃嘉省（加利福尼亚州）自有飞船以来之最大者，其精妙乃在机器有八个矢，连打有爪之轮九个，每一分钟能转一千五百次。机器有马力七十四匹，足以运动其飞船。其速率如何？冯尚未言。然实料之，每一分能行一英里。冯谈及飞船之事曰：此飞船乃余一人所造，其经费乃一班华人青年联合支给。此船现与政府无交涉。果有成效，或回中国存案专利，或与政府立合同制造，以为政府之用，亦未可定。以余所闻，此船可为华人自制飞船之嚆矢。中国内地，仍未闻有人制造。美国人所制之飞船，除管驾外，或可多载两人。至若能飞之路，现尚未定，深望能胜现在所有之飞船。近三个礼拜内或能开演。查该飞船重约五百磅，较美国人所制者尤轻，因其材料有来自中国者也。平情观之，该飞船比罗省（洛杉矶）近日凌空会所演者船身较大，至其机力之猛，则有

141

过之无不及。该飞船长约六尺，两翼横量得四十八尺。船身如此阔大者，独法国飞船有之耳。至船身各件，皆曾精细查过，求合轻重，然后配用云。

自来麦园搭棚造飞机，接二连三有记者专程跑来探询采访，冯如哪有工夫应酬，都由助手们接访。黄杞、朱竹泉，还有黄梓材和刘一枝，话里话外都带着对冯如的敬重和夸赞，只怕说不够分量，难免往大里说。这不符合冯如的性格，但此时事业正值低谷，正在崎岖凸凹的地上爬行，他们能与自己同甘苦，共患难，一起顶着风险往前闯，这份真情殊为可贵。像朱竹泉，把多年辛劳所得全数入了股，而今连伙食交通费在内，每月只领取十五元生活费；朱兆槐和司徒璧如也倾其所有，心甘情愿只领取十元生活费；黄叔更是停掉了自己的一切业务，从黄老板变成了冯如的专职助手，却坚决要求同朱兆槐和司徒璧如一样只领取十元工资。每念于此，冯如都动情。士气可鼓而不可偃，因此，每当他们向冯如复述同记者讲的话，冯如都是一边认真听，一边微微点头。

这下可好，这八字刚有一撇，飞机还在图纸上，甚至还在设想中，就被说得活灵活现，有鼻子有眼，俨然已成事实。这新闻的腿也真快，满四处地跑，这下要跑到国内去了。

这时黄杞端来一碗水，递给陈石锁。陈石锁代人跑到纽约向黄杞追债，逼得黄杞几近破产，黄杞对此耿耿于怀，按理是不肯端水给陈石锁的。递水的时候，黄杞侧脸冲着冯如尴尬地笑笑。

冯如知道这稿子与黄杞有关，他有些无奈。又想，大伙儿是太想成功啦，他们是太信任我啦。又想，这难道不是我的设计吗？难道不是下一步要做的吗？难道就做不成吗？

一定能做成！冯如不经意地点点头。

好！陈石锁见冯如点头了，兴奋地一拍掌，好像是大功告成，拿了稿子就回去交差。

冯如这才意识到自己点了头。点了头就不能再摇头了，这稿子就发回国内去了，刊登在了 1910 年 12 月出版的第十号《地学杂志》上。

实际上，希望冯如的飞机早日飞上天，早已不仅是制造者的心事，也是埠内所有华侨的关切。这事被侨胞们的梦想演绎着，出了不少故事，竟至后来国内有报纸载文称，1910 年在美国举行国际航空大赛，冯如恰好造出了新飞机，"尝与各国飞行大家比赛于加利福尼亚之三扶兰息司哥埠，即旧金山之地是也。冯君所取之机绕海湾一周，其高度为在场之冠"，一举夺魁，并荣获国际飞行协会颁发的优秀证书，云云。要说《地学杂志》译转的《旧金山呼声报》文稿是把计划当成了结果，那这篇文章说的纯系子虚乌有。

这都是同胞们的殷殷期待啊。冯如为此类文章挠头，甚至反感，同时又当成是对自己的激励和鞭策。

陈石锁拿了稿子便走，刚出厂棚又反身回来，问冯如，那个红脸虎纵火的事有结果了吗？

此事是冯如的一块心病，他说，已经去警察局催问了几回，答复都是正在调查，尚未找到证据。

找不到证据？陈石锁的劲头又上来了。别的不说，他红脸虎肚子里的证据还能飞了呀？他警察局要是不管，我们来管。

冯如说，再等等看，这事急了没用。手里没证据，要闹起来，反会帮他红脸虎脱了干系。

谁都知道，办白人和华人之间的案子，证据就是个婊子！陈石锁气哼哼地说，那好，就让他警察局侦查去，冯先生你也别管了。说完拱拱手，揣着一股气走了。

4

迁回奥克兰，冯如按原先的格局布置好工场，便按图施工，继续埋头制作飞机零部件。唐琼昌送的《时局图》也叫火烧了，他自己又绘制了一张，挂在床头的墙上。

装修工场，添置家当，再加上维修和购置被大火损毁的工具设备，摊子一摆开，经费又告吃紧。

黄梓材、刘一枝于是召集值理开会，商议增加投资的事。

朱竹泉公示了账簿。从去年 10 月 28 日至今年 10 月 2 日，用于购置工具设备、制作飞机的材料及各项支出和耗费，共花掉 5384.97 元，还剩 490.3 元，花销已过公司资本的百分之九十。黄梓材说，眼下资金将罄，飞机又到了制造阶段，每天买材料、乘车船，花钱像流水，这四百九十元钱眼看着就花光了，为保证资金充足，不要因为资金短缺拖后腿，公司需要增加投资。怎么个增法好，请诸位不吝高见。

黄梓材话音刚落，黄杞就说，我有个想法，将每一股优先股追加投资 0.2 元，本金计为 1.2 元，这样既公平，又容易做些。朱竹泉说，这个办法好，我再提一条，如不愿增加投资，原来的一股改为 0.8 元。

众人听了，多是点头，也有人未表态。司徒璧如正低头用砂纸打磨一根槐木条，见没人说话，就抬头说，各股东攒点钱不容易，去年投的钱，至今不见效益，如今再投，股东们怕是心里没底。

有人就附和说，说的也是，去年那会儿是看着飞机上天了，大伙儿有个盼头，像赵百占，他把回国探望爹娘的钱全投股了，说是推后一年不妨，岂料今年飞机无一成功，眼看到年底了，怕是到了明年也指望不上呢。

朱竹泉一听急了，说，你怎么就知道指望不上？指望不上冯师父还做什么？他心里有数，还是你心里有数？

司徒璧如反驳说，这六次不成，怎么能让人知道到哪次能成，得有个说法。语气也变得硬戗戗的。

朱竹泉脸都涨红了，说，没人绑你来，投不投由你！要拿得准你把钱投到庄稼地里去。

见两人顶上了牛，黄梓材赶紧说，别急别急，商议商议，商量合议嘛，哪一个有话都可以说，哪一个说了也不算。黄杞也说，我就是抛砖引玉，不行就另想办法。

司徒璧如的气没消，忽地站起，冲着朱竹泉说，你别小看人了！老子告诉你，我投股时就没想着把钱拿回去！冯师父讲，造出飞机，将来可用于军事，造飞机是为了"壮国体，挽利权"，老子告诉你，我阿公司徒旺土是关天培的部将，当年跟随关提督抗击英军，与关提督一同战死在虎门炮台上。我恨那些在广州为非作歹的洋鬼子，在来美国的船上，一个红毛番叫我擦地板，看老子不服，往甲板上吐了一口痰让我舔，我差点儿就宰了他。老子连命都敢舍，还在乎钱？

说着，司徒璧如黑亮黑亮的脸上已是涕泪横流。朱竹泉被讲傻了。

司徒璧如抹了一把涕泪，接着说，我是替公司着想，要增加投资，得让大伙儿有个盼头，有个心劲，要把事做凿实了。

朱竹泉缓过劲来了，司徒璧如的涕泪还没干，他那边已经换成了笑脸，踮着脚到司徒璧如跟前，抚着他的双肩让他坐下，嘴里说，司徒兄，司徒兄，消消气消消气，是我的不是，我是小人之心度君子之腹，还请大人不记小人过。

司徒璧如用力甩开朱竹泉，不理他，扭头对黄杞说，我赞同黄叔的提议，我相信冯师父下的功夫都不会白费的。

朱竹泉笑着脸，拱着手，等司徒璧如坐下，才在众人的笑声中唯唯退回到位置上去。

大伙儿一致通过了每一股优先股追加投资 0.2 元的议案。这一项新获增资六百六十四元。

股东们的热心肠，让冯如大受感动，他只想早点儿造出飞机，早点儿试飞成功，来报答股东们的信任和支持。当晚，冯如又一夜没睡，又是干了一个通宵。

这第七架飞机，在设计时冯如就跟黄杞等人谈想法，黄杞透露给记者，所以跟唐琼昌的译文有相近的地方，比如发动机八个汽缸，七十四马力，每分钟转一千五百次，但出入也颇大，如机身长六尺或六英尺，显然太短，如果是六十英尺的误写，六十英尺又长得没谱了。冯如看了发笑，但不便去纠正，否则不就成他说的了？

施工时，冯如努力减轻机体重量，并从发动机中榨取更多动力。他吸取前六次教训，机体的支架用钢管太重，又改回以轻盈坚韧的槐木为主。发动机是参照寇蒂斯的,原是五十马力,现在增加到七十五马力,研制中,先是把液冷式改成汽冷式,效果不佳,又改回到液冷式。

冯如日夜兼程地苦干。制作工作极其艰难烦琐,单是发动机,这汽缸、活塞、连杆、曲轴、气门机构、旋桨减速器、机匣,都得一件一件精心制作,每个零件,每一寸金属上都凝结着冯如手上的体温。

冯如以坚定的意志恣意挥洒着天才的想象力和创造力,研制着自己的飞机。

他综合成功者的经验和自己的经验,吸取自己的教训和别人的教训。在他搜集研究的飞机资料中,既有成功的技术与分析,也有花曼、贝勒格等人试飞坠地损机的探因和照片。

终于,飞机在麦园组装起来了。

这架飞机的机身由八条长梁接驳成的菱形支架构成,左右各有上下两只大小相同的机翼。飞机前后各装一个方向舵,前舵配水平翼,管上下升降;后舵配垂直翼,主左右转向。发动机和螺旋桨均装设在驾驶座后面。起落架为前三点式。

组装飞机的工艺,冯如采用自己独创的螺丝扣和铆眼扣结合法,大大增强了支架的牢固度。

这是一架顿异前制式飞机。它像花曼式,又不像花曼式。与同类飞机相比,它机体大,重量轻。它像一个年轻人,英俊大方,生气勃勃,洋溢着梦幻般的气质和充沛的活力。

它带着遗传基因,却又属于它自己独一无二的创造。

九、龙凤飞腾（1911）

　　燃机虽灵动，而一间未达，未敢自信，偶见一鹰，翱翔天空，君注视之，见其翼有机关，即豁然大悟，语其徒曰：今而后，飞机可成功矣。遂赶速制造，纪元前二年六月，试验果得顿异前制。时适孙中山先生到场参观，赞勉备至，以吾国之大有人也。股东见有成效，再续资本，使之逐渐改良，至十月告成，试演几十余次，高至七百余尺，向海湾环绕而行约有二十英里。中西人士往观者不可偻指。

　　——《东方杂志》第九卷第五号，

1912 年 11 月 1 日出版

　　冯珠九是一个谦虚、头脑冷静、不知疲倦，且具有超常智慧的中国人。他能够取得今天这样的成绩，是由于他善于把握时机，具有不屈不挠的意志和积极主动的精神。他从不对自己悲观。他凭自己的洞察能力解决了工作中各种各样的问题。他立志要在机械技术方面取得成功，建立这方面的功勋。毫无疑问，他已经取得了初步的成绩，而未来更大的成功已经并不遥远了。

——美国《旧金山星期日呼声报》，

1911 年 3 月 19 日

1

冯如对自己的这架顿异前制式飞机信心十足。他做出一个惊人之举，他不到麦园试飞，他要在奥克兰市艾劳赫斯特广场公开亮相。

冯如同助手们在艾劳赫斯特广场旁撑起一顶偌大的帆布机棚，把飞机构件运到棚内组装好。这里位于比尔斯大街终端，靠近圣弗兰西斯科海湾。

夜幕降临时，开动自备的发电机，棚内灯火通明，冯如与黄杞、朱竹泉、朱兆槐、司徒璧如、谭耀能，对飞机的每一个部位做最后的检查。

朱竹泉拧紧一根张线的螺帽，抬头说，不是说有位张先生要来吗，怎么这么晚了还不到？

黄杞说，许是为避人耳目吧，国内来的那些保皇党、革命党，除了吵架，做事都是背对背的。

朱竹泉说，这张先生是哪个党？

黄杞说，现下说不好，当年维新运动时鼓吹变法，他与康有为同一天见的光绪帝，六君子被杀后，受到革职处分，并永不叙用。但我想他不会是革命党，否则他怎么不跟致公堂来往？

149

朱竹泉说，还是个大人物呢。

黄杞说，当然啦，他可是有名的大学者。他生在我们广东，早年考中进士，曾在总理衙门任章京，在北京创办过翻译学堂，现在是商务印书馆的编译所所长，一门心思传授西学，编过许多书。

朱竹泉问章京是个什么官。黄杞说跟唐琼昌干的秘书差不多，是学问人的官差。

正说呢，门帘一掀，卷进一股寒气，黄梓材和刘一枝领进一个人来。

来人镜片后的眼睛一扫，没容介绍，就径自走到冯如跟前，拱手欠身，说，冯如冯先生吧？

冯如也拱手欠身道，您是张先生，欢迎欢迎！

此人叫张元济，四十出头，身穿棉长袍，戴一副金丝眼镜，脑后拖根辫子。

寒暄过后，张元济绕着飞机看了一圈，边看边询问，冯如都做了详细介绍。

看过飞机，张元济拉着冯如的手在马扎上坐下，说，了不起，了不起！倘若我们中国各方都有你这样的英才，大兴科学，开办实业，编练新军，改革财政，又何难实现，中国何愁不能早日强盛！你知道吗，现在国人把飞机视作神器，政府已派人出国学习飞行，听说正与英国洽购飞机，并在北京南苑开办飞机修理厂，还将邀请外国飞行家赴华表演，可偌大的中国至今还没有一架飞机。张元济说话不紧不慢，声音却透着力道。

冯如说，当今美国及欧洲各国已将飞机编入军队，并开办军校，付诸操演，想必不用多久，飞机就会扬威军事。以往中国惨败在西方手下，吃亏在武备低劣，今后飞机将是威力强大的兵器，中国如再不学习追赶，还要再吃大亏。

张元济说，说得好！就说1873年我大清国同意外国使节以西方礼节觐见皇上时，人家在大西洋海底敷设电缆已有七年，卷筒轮转印刷机发明已五年，三年后贝尔便发明了电话，我们岂能不落后于人？听说冯先生远渡重洋学造飞机，是为"壮国体，挽利权"，今天又目睹先生的成就，实在钦佩。

冯如说，先生过奖了，这架飞机能否试飞成功，还难有十分把握。

张元济说，据我所知，冯先生所造飞机前年已做过成功试飞，既已大功告成，何不从速回国，以图救国大业？

我造飞机，就是想有朝一日回国效力。冯如略事沉吟，接着说，不知张先生是否认识一位叫吕连第的人，前年他来美国，要拉我回国跟广西布政使张鸣岐做事，并说准备好了造飞机的条件便告诉我，可至今也未见下文。

张元济闻之一笑，说，吕连第确曾向张大人举荐过你，极赞你的才华和成就，极赞飞机的神奇功用。我这次来美国，是为考察西方科技书籍，临行前张大人再三吩咐我，一定要把先生请回国。张大人已到广州多时，现在恐已实授两广总督，依我观察，他是个通达时务的人，真的是求贤若渴的。

那好。冯如说，这架飞机隔日正好要试飞，如成功，即可从命回国，不成功，恐怕还要再做打算。

张元济说，一定会成功，一定会成功的！至于回国所需条件，请先生一并开具。

151

来啦，来啦——随着一声长唤，张南送来了夜宵。

张南掀开木桶盖，顿时漫开一股馄饨的香味。众人都聚拢来。冯如端给张元济一碗，问要不要辣椒酱。张元济说，来一点儿，看你是喜欢辣椒的。冯如笑着点头，给张元济挑了一点儿，又往自己的碗里连着拨了几筷子。

2

1911 年 1 月 18 日，这一天天还没亮，艾劳赫斯特广场旁的机棚里就忙碌起来。当朝阳在圣弗兰西斯科海湾的海水里燃烧的时候，冯如同助手们已把飞机推出机棚，推到广场上。

早上 8 点多钟，冯如足蹬长靴，头戴飞行帽，登上飞机。他还有另一副与之重叠的模样，着一身深色西装，扎着领带，掩在飞行帽里的分头也梳得整洁利索。他一贯非常在意自己的外表，平时在工场里，哪怕是在建模、铸造，做木工和钳工活，他的装束也是一丝不苟。

广场四周聚满了中西人群，他礼节性地环顾一周，向人群挥手致意。

他面朝机尾坐到座椅上，扣牢安全带，随即启动了发动机。

在助手的助推下，飞机滑行得越来越快，越来越快。是时候了，他向怀里拉动驾驶杆，机头仰起，随即离开了地面。上升，上升，机翼切割着海湾的风，发出敲鼓的咚咚声。他像勇敢的骑手倒骑着烈马，聚精会神而灵巧自如地驾驭着飞机。他用左脚踩下脚蹬，机头向左偏转。阳光晃眼，他把驾驶杆轻轻一推，飞机改成平飞。翼下掠过大片农田。飞机微微震动。他看到下面的一只海鸟偏斜着翅膀划出一道漂亮的弧线。飞机震动加强，有些摇晃。他不断推拉驾驶杆，蹬抬脚蹬，稳稳地调整着机翼、方向舵和升降舵，实施对飞行轨迹、姿态、速度和气动外形的控制。

他驾驭飞机飞向海湾，又从海湾飞回广场，在空中划了一个橄榄形的轨迹。

终于，他用左脚轻蹬左方向舵，持续地轻推驾驶杆，飞机徐徐下降，轻轻触地，稳稳地滑行了一段，停在广场跑道上。

广场上一片沸腾。

正如报纸报道的那样，这是一次完美无瑕的飞行，是一次创世纪的飞行。同一年多前的那次试飞一样，对于中华民族，对于东方，甚至对于世界，这次载入史册的飞行，其意义都是不可低估的。

次日，当地各报都以头题做了报道。《旧金山纪事报》以《中国飞行家的成功飞行》为题登在头版，副标题是"新式飞机在海湾旁边的艾劳赫斯特广场上空飞行"。

艾劳赫斯特 1 月 18 日——晨，比尔斯大街终端，靠近海湾旁边的地方，一架飞机自帆布的飞机棚内被推了出来，停在平坦的广场上。中国飞行家和飞机制造家冯珠九，跳进机舱座位，开动他最近安装在那架飞机上的七十五马力的发动机，飞机贴着地面向前行进了约一百英尺，随即矫健地腾飞而起，高达四十英尺。

中国飞行家冯珠九驾驶这架飞机，在空中绕广场飞行了约一英里后，向海湾飞去，再成一长长的弧形航线飞回广场，回到距离原来起飞地点约一百英尺的地方停定。这次飞行历时四分钟。这是冯珠九第一次完全成功的飞行。所有在场的、与冯珠九共同制造飞机的中国机器师和工匠，都跑上前去向冯珠九热烈欢呼祝贺。在此之前的几次试飞都遭到失败，迫使他们在这次飞行之前，做了几个星期的修改和改进工作。

这架飞机是冯珠九以花曼型飞机为基础，参考莱特兄弟飞机的制造技术，并经过三四次改进而制成。对用作参考的其他人的飞机中不够牢固、不够优良的部件，冯珠九做了改进。

冯珠九和那个被称为"老板"的亚黄（黄杞），对飞机构件的接合技术，是加利福尼亚州最好的。从飞机的整体和细部看，都可与专业飞行家的飞机媲美。

用于飞机构架的木材、金属等材料，在使用之前，都以东方人特有的耐心和毅力，反复加以检验。冯珠九曾在东部的大机器厂研习机器多年，这架飞机使用的最新式的发动机，就饱含着冯珠九多年积累的多方面研制机器的心得。它的功率大、重量轻，是当今最先进的水冷式飞机用发动机。冯珠九说，在确实掌握空中飞行技术特别是转弯技术之前，他暂不尝试做长距离或更高的飞行。他从经验中得知，导致飞行损毁的原因是急于打破纪录。他也希望从其他人的失败中吸取教训。

两个月后的 3 月 19 日，《旧金山星期日呼声报》再以整版通栏大标题《他要为中国龙插上翅膀》刊出长文。套题装饰以冯如像为中心，环绕这个中心的是一个神话，一个由巨龙的头和尾、凤凰的翅膀和飞机骨架构成的腾飞的组合。文章对这次飞行再做深度报道。

乔治·格·卡拉肯报道

中国唯一的飞行家和飞机制造家冯珠九，现正在太平洋上，乘轮船向他的祖国行进……

冯珠九是中国航空事业的创始人。他对飞机的每一个部件都了如指掌。由于他是在完全没有外国人帮助的情况下，自己绘图设计，自己制作试验模型，并一个部件、一个部件地装配成性能优越的飞机，因而他的成绩就尤其值得称道。他的助手都来自中国，是一些与他一样有抱负的青年。他们都执着于飞机制造事业，希望在这方面获得成功。两个月前，在冯珠九完成飞机装配的第二天，这位天才的中国发明家就成功地进行了一次试飞。

在这次成功的飞行中，冯珠九坐在他自制的飞机上，用安全带把身体扣紧在驾驶员座位上，随后启动发动机，飞机便像飞鸟那样优雅地飞离地面，冲向天空，在奥克兰附近的田野上空飞翔。发动机强烈的搏动，驱动着飞机像有生命的个体那样在空中飞翔。冯珠九满意地完成了一次飞行创举。他经过三年对飞机的艰辛研制，终于实现了自己的抱负。他为此感到无限兴奋。他正在驾驶的这架灵巧的飞机，每一个装置都运转无误，显示出它的每个部件都不是技术水平不高的非专业人员的粗糙的制作品。它显示出设计者的聪明智慧和不懈努力。它不仅机械性能优越，而且具有匀称优美的外形。

在冯珠九下面，他的五六个中国同胞，在地上追随着飞机来回奔跑，张大嘴巴，注视着由于他们共同努力、克服种种困难而实现的这个创世纪的飞行……

四十（此处有误）分钟后，发动机停止运转，螺旋桨停止转动，飞机微微倾斜，顺利地降落在地面上。众人一拥而上，向冯珠九祝贺，并为这位新飞行家的成功感到自豪。

乔治·格·卡拉肯还追溯到冯如研制飞机的过程。

1907 年的某一天，冯珠九决心以中国式的思维方法去解决飞行问题。随即暗暗地着手各项准备工作。除了他可能依靠的少数中国朋友，以及一个住在奥克兰市、叫赫·威廉·尼里的美国白人青年之外，其他人都不知道这件事。这个美国青年早几年就认识冯珠九，并对冯珠九的能力深信不疑。在以后的几个月中，冯珠九所有的时间都放在图纸设计上。他通过阅读大量关于飞机制造的文献，和参考当世杰出飞行家使用的飞机的图片，博采众家之长，不断丰富和完善自己关于飞机制造的每一个细节的构想。为了避免大的失误，他不贪图速度，而是极其谨慎和细微地进行工作。他今天的成绩清楚地说明了这一点：要把自己和他人的观点综合起来，必须很有耐心地、慢慢地稳步前进。当冯珠九的整个身心都记挂着真实的飞行时，在工作中则是按部就班，一步一个脚印地不断取得进展。这不但导致了成功，而且在这种不间断的工作进程中，很多潜在的构想得以形成和应用。

这架双翼飞机的图纸有好几页。它详细地说明了每一个细小的部分，各种各样的比例，以及他那些与享有盛名的飞行家的经验相融合的构想。尽管这些图纸明显是东方式的——数据和文字均以汉字注出，但在尺寸大小上与那些成功的飞行家的飞行蓝图仅稍有不同。

从按图纸制作模型到生产飞机，有大量很费力的工作要做。如木材的自理和加工、飞机骨架的检验和精确的平衡性能的调试，等等。他从来不把工场的事交给木工或技工去完成。正如他当初不断完善自己的设想一样，他不怕错误，不断地改进每一个部件的设计。当工作中出现计算错误、经费开支等大量困难时，他从不动摇自己的决心，也不吝啬时间和金钱。他相信这一切都是取得成功的代价……

文章评价冯如说，"这位天才的飞行家的前程无可限量。他制造的飞机得到几个到加利福尼亚州表演飞行的著名飞行家的高度赞扬，认为其手工技艺完美无缺，无可供指责的瑕疵。在美国，冯珠九的知名度并不高。这是由于他不希望在美国有更高的知名度。事实上他也必然不被赏识。但在中国，他将会得到同胞的肯定。为了他的同胞，他已经努力奋斗并取得了很大的成就。这些成就是成千上万的美国优秀技术专家所难以比拟的"。

3

试飞成功的当天中午，冯如就收到致公堂、华人商会、两广总督府的三封宴请请柬。致公堂和两广总督府的请柬由唐琼昌和张元济亲自送达。旧金山机器公司、奥克兰市政府也送来请柬，邀请冯如出席为他专设的酒会。

冯如春风满面，兴奋异常。他做事有种不顾一切的狂热劲，但性格内敛，处事沉稳，难得有今天这样的开怀。他有些孩子气地问大家，你们说，我们应该选哪家？

朱竹泉说，冲着情分，应该选华人商会；要想造影响，伸张中国人的豪气，可去奥克兰市政府。

司徒璧如说，那就去市政府。

朱竹泉说，还是去商会好，优先股东多是商会会员，把大伙儿都邀上，一道庆贺庆贺！

司徒璧如对朱竹泉一拧眉头说，自家人急什么，这市政府什么时候正眼看过我们？为华人开酒会恐怕是破天荒头一回吧。今天我要往他跟前一站，看他怎么夸我！

自从在值理会上顶牛后，朱竹泉就有点儿怵司徒璧如，加上他讲的也在理，朱竹泉马上表示赞同。他摇身摆出绅士模样，挺高肚皮，右手跷着兰花指捏着酒杯，高抬左手按压着嘈杂的人声，高声说，女士们，先生们，今天，是开埠以来，我们奥克兰最高的一天，高到哪里了呢，高得全美国都抬着头看，全世界都抬着头看。怎么会变得那么高呢？是坐上了冯如先生造的飞机呀，坐着冯如先生造的飞机飞上了高高的天空！

好，好！朱兆槐乐得鼓掌喝彩。司徒璧如也跟着鼓掌。在一旁笑看着他们的黄杞、刘一枝、黄梓材、张南、谭耀能，还有表舅和尼里，也都跟着鼓掌。

朱竹泉的肚皮挺得更厉害了，接着说，冯如先生是我们奥克兰和旧金山的骄傲，他是中国人，是个天才，现在，我荣幸地请冯如先生讲话，讲讲怎样当天才！

大家又笑又鼓掌。朱兆槐把冯如往前推，司徒璧如一把将朱竹泉拉开，给冯如让位。

冯如有点儿腼腆，却又不好扫众人的兴，就顺着往下来，把手往西装裤兜里一插，说，要讲飞机飞上天，我要感谢我的同胞、我的伙伴，他们是翅膀，是机身和机尾，是发动机，大伙儿一起使劲才飞得高。要讲怎么当天才，就是心里要有一个梦，要抵死去实现这个梦。

又是鼓掌欢呼。朱竹泉带头，大家一拥而上，把冯如高高抛起。

好了，好了，我们还是谈正事。闹了一阵，大家放下冯如。

冯如说，竹泉说冲着情分，冲着影响，我说要想接着做事，就得首选张元济先生的邀请。

对啊，他是代表两广总督府出面的。

见众人都点头。黄梓材说，那我赶紧去打电话，把别家都给辞了。

刚转过身，又转回来，喜滋滋地说，公司简章第三条说，"至飞船成功，声名昭著，随后招集大股"，如今这事可以办了。

众人又点头。招募普通股的事值理会已有预案，每股收银五元，股息与一元一股的优先股无异。为鼓励招股，规定经手人每招二十股以上、不足四十股的，给红股一股；招四十股以上、不足六十股给红股二股。

黄梓材打电话去了。这边议了半天也算是白议了。他前脚刚走，陈石锁就来催了。当天晚上，是致公堂大佬黄三德宴请了冯如和公司的专职人员，还请来华人商会和奥克兰、旧金山市政府的代表，张元济也请到了，安排得很周到。

奇怪的是，陈石锁把大家送上轮渡，说还有事要办，没有跟着回旧金山。

4

冯如决定携带飞机回国，张元济即报两广总督张鸣岐。不日，张鸣岐的电召抵达，文中许以破格录用，就是给官做，同时要张元济面促冯如火速回国。冯如为自己的飞机即将为国效力而归心似箭。他对做官不感兴趣，也不想受制于人，没提出任何条件。

他要再造一架飞机带回国，这边机器和材料齐备，比回到国内另起炉灶要省事得多，回到国内造飞机是以后的事。接下来的日子，冯如按照新飞机图纸，领着助手们赶制飞机。

这同时，为了验证飞机的性能，以便继续改进，也为继续唤起旅美同胞支持祖国航空事业的热忱，也为给寄人篱下的同胞撑腰鼓劲，冯如多次驾机进行表演。

每次飞得都很漂亮。这一天，他飞出了91.73公里的时速。他认为发动机的功率还没完全挖掘出来。

来观看的华人越来越多，远在东海岸的同胞都赶来了。人们感佩、赞叹、骄傲。人们觉得脸上光彩，心情爽朗。白人观众也交口称绝。美国和旅美华侨办的报刊竞相追踪报道，并通过电讯传到中国，传到世界各地。

"冯君名誉已飞腾于世界矣。"

冯如并不满足，每次飞行归来，他都要把大脑的神经接到飞机上，一遍遍重飞，看看哪儿有劲儿，哪儿使不上劲，哪个动作漂亮，哪个动作不利索，他要做得更加完美。

对他来说，一次次表演飞行，与其说是展示中华民族实现了几千年的飞天梦想，不如说是在深化着一个痛苦的追问：人家国家为何就富强呢，我的国家为何就那么贫穷落后呢？我们国家能不能变得富强呢，怎么才能变得富强呢？

2月中旬的一次表演，他创造了时速一百零五公里、航程三十五公里、飞高一百一十米的优异成绩。这是他本人的最好纪录，时速超过了前年第一届国际飞行比赛的冠军，一年多前，寇蒂斯在法国兰斯飞出了七十五公里。

就在这次表演结束，当他下了飞机，向人群走去时，他看到一个人迎面走来。

他的胸口呼地蹿起一股热流。那不是孙文孙中山吗！我记得，我在纽约见过他，我记得他演讲时讲的话。

冯如快步迎上去，握住孙中山早已伸出的双手。

陪在一旁的唐琼昌为孙中山和冯如做了介绍。

冯如，冯如！好，好！孙中山热情洋溢地扳住冯如的肩膀使劲晃了晃，没容冯如开口，便转身对围观的侨胞大声说，同胞们，我们中国大有人才呀！

孙中山又大声说，了不得，了不得，冯如先生自己设计飞机，自己制造飞机，自己驾驶飞机，我们中国大有人才呀！

他盛赞冯如百折不挠一飞冲天，开创了祖国的航空事业。接着他说，他在游历欧美和日本时，每闻航空界蓬勃发展之况，就思考飞机在军事上应用的可能。前不久，读到美国人咸马里写的文章，讲飞机在战争中的用途，觉得相当有见地，但在用飞机做侦察这一节忽略了用飞机能做极好的摄影，能帮助指挥官准确判断敌情，便在槟榔屿给他写信指出来。并以日俄战争为例，在辽阳和沈阳战役中，日军战线延伸达五十公里，俄军指挥官因此判断日军兵力比己方多，但实际上要比他们设想的少三分之一，假若俄军能用飞机摄影，即可发现漫长战线上的日军数量。孙中山说，飞机在战争中必将派上大用，因此他曾嘱檀香山的同盟会成员设中华飞机公司，自造飞机；得知同盟会会员李绮庵决心学开飞机，特地写信给他，跟他讲能驾飞机者，为吾党不可缺少的人才，不定何时就有用武之地，你既有志于此道，则宜努力图之。

讲到此，孙中山忽转头问冯如，我听说冯先生为报效祖国，近期就要带几架飞机动身回广州？

是的。冯如连连点头。

好，好！人既尽其才，则百事俱举；百事举矣，则富强不足谋也。孙中山话锋一转，说，不过，你回去是给两广总督张鸣岐做事？

冯如知道孙中山是革命领袖，他不辞辛劳颠沛流离，就是为了推翻清政府，建立一个没有皇帝的新国家。孙中山冷不丁一问，他一时语塞，窘在那里。

唐琼昌见状插言道，冯先生常说，他造飞机是为了"壮国体，挽利权"，为了"固吾圉，慑强邻"，他想把飞机引进祖国，用于国防，抵御列强的侵略。

壮国体，挽利权，好！好！孙中山点头称道。又摇头说，但千万不要替张鸣岐之流做事，不要被他们利用！事实上他也不能成事，只会坏事。北洋水师为何被日本打得一败涂地，全军覆没？固然有头脑僵化、战术愚钝之弊，但我想主要是我们的火力不如日本的火力猛，朝廷为了供皇室骄奢淫逸，把买速射炮的钱都挪去修颐和园了。这个祸国殃民的政府一日不除，中国就一日不能复兴，不能立于世界民族之林！我这次行抵旧金山，就是来向侨胞筹募起义军费的。

孙中山声音很大，是对冯如说，也是对在场所有侨胞说的。这时他稍稍压下声音说，你回国好，你回国可以造飞机，但万不可替他卖命。清廷已然腐朽不堪，苟延残喘了，革命很快就要成功，那时你到革命军来，必有大作为，实现壮国体、挽利权的宏伟抱负。

冯如的眼睛灼灼放光。

孙中山又对众人说，清政府必须彻底推翻，保皇党那一套也没有出路，我的兄弟唐琼昌早先也是保皇党，后来认清了保皇党的嘴脸，加入了革命阵营，成了坚定的革命者！

唐琼昌点头称是。

此话不虚，冯如听人说起过，戊戌变法失败后，康有为、梁启超走避美国，在他们的鼓动下，致公堂会众多是拥戴保皇党，唐琼昌一度成为旧金山保皇会重要首领之一。孙中山为争取会众，决然

163

加入洪门，唐琼昌见证了孙中山入闱及受封的仪式，昏暗中，数百入会者红巾结发、身装明服，在青石地上匍匐行进，孙中山袒衣露臂，执六支线香伏身在前。继而，他刺破左手幺二指，歃血入酒，一饮而尽，然后问众人，君从何处来？众人按事先约定好的答，从东方来。又问，来为何事？又答，为天下事！又问，贵友为谁？又答，黄三德、朱三进、唐琼昌！此后，在孙中山感召下，唐琼昌转向革命。1904 年春，孙中山赴旧金山，保皇死党密报清廷领事何祜，何又向旧金山移民局密告他入境护照系伪造，致使他被拘码头木屋。唐琼昌得悉大为激愤，即请致公堂法律顾问、美国律师施特查相助，上诉华盛顿工商部，并交五百元保释金，使孙中山被扣二十三天后脱难。唐琼昌还协同黄三德摈逐了肆意攻击孙中山的《大同日报》主笔欧矩甲，改组了《大同日报》，使其成为大力鼓吹革命新说的阵地。

关于革命党和清政府，关于革命党和保皇党，冯如曾对比过，思考过。冯如一向不信任腐败无能的清廷，而同情革命党，但他也不太信任洪门，同时认为洪门是革命党在美国的代理人，所以不管是革命党，还是保皇党，谁支持他研制飞机，谁做对祖国有利的事，他就与谁合作。今天听孙中山一席话，他仿佛一下子悟通了许多事情。他做出了选择。

冯如说，我听孙先生的。说完向孙中山深深鞠了一躬。

5

自定下回国后，接下来的日子紧张而忙碌。

1月下旬，冯如与公司的正、副总（经）理，议事值理等召开股东大会，议定了多项事宜。一是将广东制造机器公司改名为广东飞行器公司，回广州后致力于发展祖国航空事业；二是回国人员安排；三是招普通股，并清理账目。

回国人员分两批，由冯如和朱竹泉、司徒璧如、朱兆槐带着飞机及器材设备先走，在广州安顿下后，黄杞、张南和谭耀能等再随往。至于这边的未了事务，刘一枝和黄梓材的业务繁忙，且都不住奥克兰，议来议去，觉得还是托付给赫·威廉·尼里合适。

随后，一边办理回国手续，一边再赶制一架飞机。随后还要调试、拆卸机器，把随运东西装箱。

忙归忙，这段时间，冯如常抽空去看表舅。他酬了一笔钱给表舅，用作阿妗的人头税，表舅的寡母已去世，让他把阿妗接到美国来。冯如与表舅拉家常，为表舅修缮房子，还重打了神龛。想自己来美国这么多年，只顾学机器，研制飞机，疏远了表舅，甚至伤害了表舅，自己这一走，表舅当初的期待和努力就彻底破灭了。冯如无奈中带着几分懊悔，就想多与表舅待一会儿，用这种方式表示歉意，自己也好受点儿。

他还与苔丝、唐琼昌、陈石锁等人一一告别。

与陈石锁叙旧时，当讲起老冤家红脸虎，陈石锁说，你还不知道吧，那个红脸虎遭报应了！冯如感到突兀，问是怎么回事。陈石锁说，不久前的一天深夜，一个蒙面小偷潜入红脸虎家，把红脸虎弄醒了，你个毛贼好大胆，敢在老虎嘴上拔毛？于是上演了一场强盗抓小偷的好戏。红脸虎拿起枪边打边追，追进一片小树林时，不留神摔进了一个深坑，等他吭哧吭哧爬出深坑时，看到自家的房子着火了，他赶紧跑到家门口大呼救火，可左邻右舍没人应，大火烧了半宿，把他巧取豪夺来的财产烧了个精光。但奇怪的是有一件东西没烧掉，你道是什么？冯如摇头。陈石锁说，是一副爱尔兰风笛，气囊和风箱都完好无损，奇怪的是原来放在杂物间，失火后却放在了屋子中央。陈石锁说，许是天意吧，据说他祖上是卖艺的，这是老天提醒他要靠手艺吃饭，不要再做伤天害理的事。冯如问，他家里没人吗？陈石锁说，有什么人？他原先有一个老婆，受不了他的折磨跟人跑了。看陈石锁眉飞色舞的样，冯如就思忖是陈石锁干的，心里有点儿感激，又感到莫名的别扭。

这期间，美国有人想聘请冯如教授飞行技术，年薪高得令人咋舌。苦斗那么多年，冯如一直为资金短缺所困扰，但高额年薪将改变他的志向，他连想都没想就谢绝了。

广东制造机器公司开张以来，共筹集和花销了多少钱呢？

启程回国的前一天，司数员朱竹泉公布了账目。自1909年10月24日至1911年2月20日，共制造飞机九架，至第七架始获成功，在这期间，共收得股金八千零五十四元（冯如等以原广东机器厂设备、物料折价入股额除外），其中今年1月30日至2月21日的二十三天内，招得普通股东三十五人，普通股三百零三股，收股金一千五百一十五元。用于购买机器、工具、原材料及工资、交通费等，共支出7436.77元，尚存617.23元。一笔一笔算得很清楚，如，工场租金每月十五元，失火后有五个月未付，之后降为十元。携带飞机回国，需"支车（运）货落船马车工银十七元"，"支寄货船脚（费）八十六元四毫"，"支买但保险机器四十五元"。账目"集各值理核算签名为据"，印制成《广东飞行器公司征信录》，"分交各股东，以昭清白"。

2月22日，冯如率朱竹泉、司徒璧如、朱兆槐携带足可装配两架飞机的全部零部件和制造飞机的工具设备，还有一辆自行车，登上了回国的邮轮。

走的时候没有声张。到码头送行的有黄杞、张南、谭耀能、尼里、苔丝、唐琼昌、陈石锁和一些优先股的股东。表舅吴英兰也来了，他拉着冯如的手一松开，眼泪就哗哗地下来了。

当冯如离开若干天后，报纸才披露了这个新闻。

> 中国唯一的飞行家和飞机制造家冯珠九，现正在太平洋上，乘轮船向他的祖国行进。他坐在一号舱内。他的两架双翼飞机，用木板封装着，放在甲板下面。经过三年卓有成效的研究和试验，冯珠九依约归国，准备把航空方面的新技术传授给他的祖国同胞。

报道不仅对冯如研制飞机的经历和成就再行回顾和评述，还对他回国后的命运做了推测。

冯如将会有怎样的命运呢？

> 当冯珠九回到中国，他将成为那里唯一的飞行家。在此之前，中国从未见过飞机，也不允许外国人在中国的任何地方表演飞行。由于中国过去从未有人涉足飞行方面的先例，这使冯珠九还必须把他的飞机介绍给清朝皇帝，以及对此感到疑惑的人民。在美国，冯珠九通过他新奇的作

167

品——如果我们不说这是天才的杰作的话，有可能使他赚得一笔财富。但他从未企求在这里发展航空事业。他认为自己不倦地努力的报酬，必须来自他的国家的人民。他们看到了自己对空间的征服，一定会给予很高的奖赏。他期待在国内最初的几次飞行中，那些从未看过飞机的人们，能够一点儿也不迷信地认为他是有邪魔附身。预计在广东的首次飞行中，中国政府官员将会成为热情的观众。广东是冯珠九的家乡。他的父亲是经营药材生意的商人。他的哥哥是经营粮食生意的商人。

人们认为，冯珠九在紧接着几次飞行表演之后，将进入政府部门任职，并立即着手指导军队使用飞机。冯珠九在荣誉面前保持谦虚和朴实。他取得了制造双翼飞机的成功。他达到了自己的目的。他在家乡进行首次表演的愿望，有他的某种爱国热忱在里面；同时还具有另一方面的重要意义：他要他的人民报答他三年来严谨细致的工作，以及他在制造飞机和给中国同胞传授航空知识所花费的近万元的资金……

——《旧金山星期日呼声报》，1911 年 3 月 19 日

十、黄花岗（1911）

　　欧美日报交口称道，君之名誉时已飞腾于世界矣。美人欲请为教师，君拒之，盖不肯楚材晋用，将以救国也。适海盐张元济游历至美，请君回国，介绍于清督张鸣岐，破格录用。君遂与其徒朱竹泉、朱兆槐、司徒璧如等，于客岁（纪元前一年）正月首途，一月抵省，将飞机运到燕塘安置，顺道回家省亲。盖倚间人望眼欲穿也。至三月初十日，甫自乡来，安记洋行西人买有飞机一架，遂在燕塘试演，清将军孚琦往观，被温生财枪毙，京外震恐，清帝失箸。夫孚琦死而满人惧，满人惧而吾觉得行其志矣。然则革命之成，以温君为首功，而君为温君之导线可也。未几三月廿九之殁，张鸣岐恐其暗通同志，拒不肯用。

——《东方杂志》第九卷第五号，

1912 年 11 月 1 日出版

　　世界列强，近研究于飞机之竞争日益加剧，军用器械愈变愈奇，将来不久，必有空中战争之出现。敌人之来，可由空中侵入，其势必更猛于水陆之坚船利炮，可断言也……君之返国，固由生平爱国之热忱，亦欲以慰双亲倚闾之切望也。遂从张元济之请，且介绍于前清粤督张鸣岐。

——《真相画报》第八期，1912年9月出版

1

这次回国，跟十一年前那次回国大不一样了。

邮轮3月22日始抵香港，两广总督张鸣岐派的"宝璧号"军舰便来迎接。此舰是张鸣岐手下吨位最大的军舰，派它摆出如此排场，嘉宠之意殷然可鉴。而冯如这次回国，所经之地都遇拥趸。途经日本，上岸游览时受到仰慕者夹道欢迎。路过上海，恰逢法国飞行家环龙在江湾跑马场表演飞行不久，这是第一位来华表演的外国人，报界人士盛邀冯留沪压场子，一展凌空风采以壮国威，冯如因早已定下先为广东父老表演，又急着回乡省亲，遂婉词推却了。

"宝璧号"驶抵黄埔军港，冯如即被用轿子抬到总督府，受到张鸣岐召见。

在交谈中，张鸣岐告诉冯如，飞机的功用已受清廷重视，这也为局势所迫，早一年，回国留学生呼吁朝廷购买飞机组建航空队，以振兴清军，兵部尚书阴午楼还以飞机不堪用予以否定，说若用以侦察，在高处不便下视，等降下来，又足以被新式炮弹击中。而今清政府在北京南苑办厂，由一个叫李宝焌的人试制飞机，今年初还

花了四万两白银从英国购回一架飞机，但无人能驾驶，现存陆军部供人参观。张鸣岐说他本人对飞机大大地做了一番考察，为证实这一点，他拿起案头一本《东方杂志》，指着上头一篇题为《研究飞行机报告》的文章说，这飞机犹如神功，我想如携带烈火闯入战阵，其势必如猛虎下山，无以匹敌。接着告诉冯如，他极器重冯如的才华，有心推荐他当海军大臣，并在燕塘为他划定了制造飞机的厂址和飞行的场地。

这次回国后，冯如见朝野都关注飞机，关注引进西方技术，感到世风大变，心情十分愉快。今天又见张鸣岐形貌雍容有礼，并无霸道做派，对他颇生好感。但一听他要把自己拉入军中，替清廷做事，就想起孙中山先生的叮嘱，顿时心生警觉。便同他虚与委蛇，说他离家已有十五六年，中间只回家短暂逗留一次，父母老残有病，得先回家看望，制造飞机的事可先做起来，能否做成功并无把握，至于做官的事，自己一介草愚，实在是不敢当的。

张鸣岐听了一愣，他大概全然没想到冯如会拒绝，至于冯如的理由，他是何等精明，是真心是假意能听不出来？顿时面露不悦，沉下声说，那也好，你先安顿下来再说。也许是想刺激冯如，最后说，下月初比利时飞行家云甸邦将在广州做飞行表演，我已允准，你得便可来观看。

一侍者端着托盘上来，托盘上盖着绸巾。张鸣岐皱起眉头，挥了挥手，侍者退了下去。

出了总督府，冯如就与朱竹泉、司徒璧如、朱兆槐几个人，把从美国带回来的飞机和机器设备运到燕塘存放好，由清兵看守，随后各自回乡探亲。

十天。冯如叮嘱三人，4月3日，即夏历三月五号，我们都要返城。

2

冯如兴冲冲赶到家，没想到家境已大变。

家乡并不像信中说的"风雨平顺""年成尚可"。过去两年，恩平非旱即涝，农田失收，兼之霍乱和痢疾肆虐流行，酿成史上罕见的大饥荒，饥民漫山遍野采掘黄狗头、土茯苓、勒竹米、蕉树头、木瓜树头、纹头萝、假仁面、马甲葪、浪猫充饥，每日都有饿死病死的人横尸村口道旁，惨不忍睹！

沿途一路田野荒芜，行人面色如菜，冯如深感不祥，在美国时对家乡遇灾虽有所闻，但没想到有那么厉害。

家中也绝非信中说的"一如往常""诸事无忧"。一跨进家门，与爹娘和妻子久别重逢的喜悦瞬间即被凄凉的气氛吞没了。娘的头发全白了，脸上的皮像霜打的老柿子，皱巴巴的。妻子三菊也是黑苍苍的，脖子瘦得跟鸭颈似的。爹躺在床上，撑着想爬起来，撑不住倒了下去，吭吭地咳嗽。冯如到床边坐下，给爹抚着胸口，一边同家人说话。冯如问家里的情况，娘说，你爹早几年就病得起不了身了，多亏了三菊，隔三岔五跑到镇上请郎中、抓药，在家端屎端尿伺候，地里的活也是三菊忙，加上你逢年过节寄回的银子，还能顾得上嘴，你爹也有个盼头，可过去这两年连遭大灾，粮价高得买不起，整日就为吃饭发愁。

看着家里锅空灶冷的样子，冯如鼻子一酸，囔声问，我哥那边呢，他们一家还平安吧？娘和三菊听了一愣，娘对冯如端详了一阵，说，你还不知道呀？你阿哥树声他没了。说完就撩衣角抹泪。

怎么回事？冯如的脑袋嗡地一大，说，什么时候出的事？

冯先生没在信里说吗？

到底出了什么事？哥他怎么啦？

造孽啊，这是谁造的孽！娘抹着眼泪说，去年热天头，村里闹病闹得狼狈，死了几个人，你阿哥也突然拉肚子，吐黄水，拉的吐的米泔水样，爆了血管似的直往外喷，三菊跑到牛江镇上抓来药，也止不住，眼睁睁看着就不行了。可怜他年纪轻轻的，可怜啊，他媳妇带着两个细蚊仔往后怎么过哇！

由冯树义老先生代写的家书中没提到这事。这几年都是冯老先生代写家书，自己寄回家的信也由他代转。冯如明白了，冯老先生为了让自己全力造飞机，只报喜不报忧，家乡遭那么大的灾，阿哥死的事都被他瞒着没说；这些年自己也没往家寄钱，公司开的那点儿工钱只够日常花度，娘说逢年过节收到银子，肯定都是冯老先生掏的腰包。老先生有时不近人情，有时情重似海，他只按自己的性子办事。又想起工场失火后表舅态度的转变，此后每回见面，话到嘴边又强咽下去的样子，估摸也是听了老先生的劝。这是他的一片善心和苦心呀，冯如的喉头一阵阵发热。

冯如打开带回的箱子，手忙脚乱地取出给爹娘、三菊和哥嫂侄儿买的物件，有洋布衣服、针织品、玩具，食品和日用品，给爹治病的西药。还有一台戏匣子，就是留声机，是上回探亲答应给阿哥的，可阿哥没见到，睹物思人，又是一阵伤心。

傍晚，把嫂子和侄儿请过来，用带回的洋丝面煮了一大锅面条，还有猪肉和鱼罐头，还打开了留声机，一家人美美地吃了一顿。两个侄儿饿狠了，狼吞虎咽的，吃得两颊发亮，眼珠都鼓了出来。吃了饭，两个侄儿眼巴巴盯着一瓶红葡萄酒，冯如就打开，倒在碗里，让爹尝尝，又让娘、嫂子和三菊尝，也让他俩尝尝。岂料老大端起碗喝得一滴不剩，老二哇的一声哭了，冯如又倒了一点给他喝。他俩喝了酒就望着冯如笑。冯如梳着西式偏分头，身穿西式马甲。他们笑二爹的脑袋像秃尾巴鹰，身上吊着猴子的戏装。爹和三菊也跟着笑。嫂子敲了细蚊仔一人一脑壳，说，少见多怪，没见你四阿公家的伯爹从南洋回来也这模样啊！俩侄儿笑得更厉害，气都喘不过来了。

谈笑了一阵子，冯如拿上许多东西，把嫂子和侄儿送到家。返回时三菊已收拾好了屋子。

回到家的几个时辰，冯如还没跟三菊说上话，跟爹娘和嫂子说话，三菊也不插言，静静地在一旁听着看着，静静地做事，冯如看她时，她的眼睛像小鹿样慌慌地躲藏。现在就他俩了，三菊还埋着头，挺害羞的样子，冯如跟她说了会儿话，她才松弛下来，抬起了眼睛。

冯如说，这么些年，你吃苦了。三菊说，你在外头更难。冯如说，你还是十一年前的模样。三菊说，你也没变，但又变了，变高变大了许多。冯如说，我时常想你，做梦梦见你。三菊说，我日日盼冯老先生带信来，门前喜鹊叫，就想是替你来报信的。冯如说，我想过把你接到美国，但美国限制华人带家眷，再说我造出飞机，飞上天就要回国，不会在那儿一直待下去。三菊抚摸着冯如胸前的护身符说，你不是鸟，你那么大一个人，在天上飞，天上没着没落

174

的，多险啊！冯如说，不是有你保佑吗，有你保佑，我会越飞越高。三菊要把灯吹灭，冯如不让。三菊说，你飞上了天，我又高兴，又焦心，只恨不在你身旁，同你一起飞。冯如说，好，往后我带你一起飞，我这次回国就不走了，不去美国了。三菊一骨碌坐起来，睁大眼睛问，真的呀？真的不走了？冯如一把又将她拥到怀中，说，真的真的，这回我要在广州办厂造飞机，过些时候就把你接到广州去住。一听这话，三菊就呜呜地哭了。

两个分别多年的年轻人说一阵，拥一阵，拥一阵，说一阵，说不够，亲不够，一直到天边涌出鲜红的霞光。

接下来的几天，冯如领着三菊去冯树义老先生家，去表舅家，到圩上买粮，给爹抓药，给家里添置农具。

头一个去的是冯老先生家。多年不见，老先生的脊背已经弓成了虾米状，两眼蒙翳，耳也聋了，脑后的白毛辫子胡乱扎成细细的一束，说话也似挂着根拐杖，讲一句顿一顿，真真是一截朽木了。就连他的住处也老了，四面墙软了骨往下趴，墙皮脱尽，屋角吊着蛛网，棚顶的稻草黑污污的。但墙上挂的脸谱风筝竟然洁净完好如初，老先生手中的桃木戒尺还那么油光发亮。冯如送上几大罐奶粉、两瓶葡萄酒和两条纸烟，对着老先生耳朵扯嗓子喊，告诉他自己造飞机的进展，在广州办厂造飞机的打算。许多事虽已在信中详知，老先生还是问个不停，听得脸上烧红烧红的。冯如感谢他这么多年对自己的鼓励帮助，费尽心思给家中施以抚恤，说着拿出十块大洋递给他，说这远非还欠，只是略表心意。老先生脸色骤变，说，国家兴亡，匹夫有责，你蓬飘萍寄异乡图大业，我老朽不能追随，拿出点钱不足挂齿，再说我每日一箪一瓢足矣，留下钱也带不走，带

175

走也是烂在棺材里。终是坚辞不受。当冯如从墙上摘下风筝，回忆当年放风筝时，两人又你一句我一句来了精神。

四翅在空中，风雷响亮冲。

平地征云起，空中火焰凶。

金棍光辉分上下，锤钻精通最有功。

自来也有将军战，不似空中类转蓬……

这几日，也有登门来访的。这日下午来了两人，冯如外出，他们直等到冯如傍晚回家。其中一个汉子四十上下，叫温德尧，恩平良西镇平顶村人，年轻时赴香港学习机械时加入了同盟会，这次回恩平是受孙中山派遣，一边以南埠街的温利益店为据点，制造单响、毛瑟等枪械和弹药，一边秘密联络高佬葵、芝麻油、大支笔、死猫六等各路绿林好汉，策反驻恩城清军将领张启松，伺机搞武装起义。他告诉冯如，冯如回恩平那天，县官正好带着一队清兵来莲岗捕人，这两年因旱涝交替，族姓之间为争夺水道引起械斗，莲岗也卷了进去，县官刚到村口，接报冯如当天回乡，就打道回府了。温德尧说他对冯如仰慕已久，为家乡出此英才而万分自豪。

交谈中，冯如说自己将在广州燕塘造飞机，但不会为清政府所用。温德尧极赞冯如深明大义，说孙中山也有组建革命飞行队的打算，力劝冯如参加革命军。转而痛斥清政府腐败冷酷，是吃人的政府。他说，这两年遭此大灾，百姓在水深火热中痛苦挣扎，而清政府不管百姓死活，在原本加征火耗银、羡银、科场银、斗级银、管仓银、门印银、赈东银、房书饭食等附加税的情况下，又累收捐输银、正额地丁银一两和色米一石，变本加厉鱼肉人民，再加上米商囤积居奇兴风作浪，招致史上罕有的大饥荒，牛江、恩城、沙湖等

176

地甚至有人饿得吃人肉，直堕地狱！

这场大灾，三分天意，七分人祸，七分在清政府！温德尧是个铁血汉子，直说得胸部起伏，印堂充血。他做出劈杀的手势，说，鞑虏不除，人将非人，国将不国！革命党多次起义，虽屡遭镇压，但终会成功。

从温德尧激情澎湃的讲述，冯如深感天怒人怨的炽烈，对清政府是个什么样的政府，有了切肤的认识，也明白了张鸣岐急着要在军队使用飞机的意图，决心绝不就范。

回到广州，冯如仍是太极应对清政府授职，但接受了为他在燕塘划的厂址，为己所用，也算是领了张鸣岐的情。

3

比利时飞行家云甸邦表演的时间定为4月8日，地点就在燕塘。近来，外国飞行家大有到中国抢滩的势头，除了环龙在上海江湾跑马场的表演，盛传德国的奥土特、俄国的斯米斯奇和美国的史汀生等飞行家也将于近期在北京、青岛等地登场。

冯如心里燃起了急迫的火焰。他必须尽量往前赶。厂房是一处砖木结构的平房，原是清兵的营房，他与朱竹泉、司徒璧如和朱兆槐急风赶火地修整工场、安装机器、购买材料和补充工具。他还特意把自己亲手复制的《时局图》挂在一面墙壁上。

不日，广东飞行器公司即告成立。

会场挂出一副对联，上联是，壮国体救危亡制造飞机；下联是，挽利权御外侮振兴中华。

有记者在会场散发了3月25日出版的第八卷第二号《东方杂志》，这期杂志登有介绍冯如及其飞机的文章。

> 冯君制造之飞车，其式最新。去岁十二月，试演于屋仑（奥克兰）地方，先后飞行几十余次，飞行时可高至三百五十呎，每小时能飞行六十五哩。美国日报及华侨各报纸俱载其事。君尝言，吾侪不忘祖国，能以菲才薄技贡献于社会，此吾之深愿也。遂决计告归，由旧金山乘船，于今年二月抵沪。某报记者往访之，请其留沪试演，为华人增色。而冯君意欲先行返粤，以示乡人。谓在粤试演后，如无意外，必当来沪一献薄技云云。闻其所制之车，有单机、双帆各一乘，原动力则用构造最新之格塞林机。其中一乘长二十九呎六吋，阔四呎六吋，机具三十马力，螺旋推进机一分间转千二百次。余一乘机具七十五马力。与君同制飞车者有学徒三人，即新宁朱君竹泉、兆槐，及开平司徒君璧如也……

冯如要尽快用带回的飞机散件装配好飞机，在祖国的天空试飞、表演。

然而，由云甸邦飞行引发的一件事及接着发生的另一件事，这两个举国震撼的事件，打破了他的计划。

8日这天，比利时人云甸邦如期做飞行表演。燕塘村在广州东郊，这里有一座清军兵营，机场就在营盘边上，原是一片荒草地，刚刚修整过。因为这是"飞行怪物"第一次飞上广州天空，所以观者铺天盖地。广州将军孚琦也带着儿子来看稀罕。

　　云甸邦驾驶的是一架花曼式双翼飞机，冯如对它再熟悉不过了。云甸邦飞得很成功，但飞的高度和长度，都比冯如在奥克兰艾劳赫斯特广场飞出的成绩大为逊色。冯如略略有些懊悔，要是自己能先一步，又驾驶自己的飞机，民众该有多高兴啊！

　　就在表演结束后的傍晚，气氛突然变得十分紧张，燕塘的清兵慌急慌忙地倾巢而出。冯如觉察到是出什么事了。

　　原来，看过云甸邦的飞行表演，广州将军孚琦乘上绿呢大轿，在几十名清兵护拥下返城，黄昏时分，当行至省咨询局附近的麒麟阁商店门前时，旁侧茶肆里突然闯出一身材高大的黑脸大汉，他推开卫兵直奔大轿，左手撩轿帘，右手出手枪，照着孚琦的脑袋就是啪的一枪。孚琦杀猪般号叫，惊得卫兵爆散，杀手大叹，"这些鸟兵，将来对付外人，必不可靠"，又向孚琦头腹连开三枪。

　　杀手叫温生财，籍贯广东嘉应州，童年被拐到南洋荷属殖民地做工，回国当过兵，不堪黑暗世道，遂又避走南洋霹雳埠锡矿做工，后加入同盟会，积极组织暗杀团。此次回国就专为行刺而来，目标随机，没想让孚琦给撞上了。温生财于行刺当天被捕，后来张鸣岐亲自审讯他时，问为何暗杀，他正言道："清朝无道，政治腐败，民不聊生，只恨没有车船费，否则到京师可成大事！"在刑场上连呼，"快死快生，再来击贼！"四十二岁慷慨就义。

　　孚琦突然被刺身亡，清廷急命张鸣岐兼任广州将军。张鸣岐在惶恐中又获知革命党人还将在广州举事，立即与水师提督李准会商，抽调防营进城，实行戒严，并派出大批侦探四处搜嗅。云甸邦也被限制出境。他不知道身边就有一位集飞行与制造飞机于一身的名家，

179

为技术保密焚毁了心爱的飞机。

张鸣岐的努力难阻时势。4月27日，广州起义爆发了。

1907年和1908年，同盟会一连在潮州、惠州、钦廉等地举行了六次起义，均告失败。1910年11月，孙中山在马来亚槟榔屿召开秘密会议，决定在广州再发动更大暴动。这次吸取以往教训，组织得相当细致严密，在香港成立统筹部，指挥下设机构分别潜入广州秘密活动。4月8日，省城内外革命力量联络就绪，统筹部开会把发难日定在4月13日。但就在这一天，突发孚琦被刺，广州戒严，发难不得已推迟。到4月27日，即农历三月二十九，起义终于实施，义军分四路进攻，与孙中山并称"孙黄"的黄兴亲率敢死队，吹响海螺攻入总督衙门，没抓到张鸣岐，放了把大火，出了衙门，与迎头撞上的水师提督李准的亲兵大队展开激战。黄兴持双枪左右开弓，击杀清军多人，激战中右手中食二指第一节被打断，仍以断指射击。这次起义终又告败，后被称为黄花岗起义。

义军进攻时，张鸣岐丢下老父和妻妾，登墙越屋仓皇逃到水师公所，到那儿指挥清军反扑。事后，他下令杀害了抓捕的革命党人林觉民、喻云纪等四十三人，对革命党人的防范和镇压更加严酷。起义的骨干中多有华侨，冯如恰巧也是此时回国，又不肯替清廷衙门做事，致张鸣岐对他戒心重重，生怕他与革命党有染，遂派人暗中跟踪监视。

4

冯如带领朱竹泉、司徒璧如、朱兆槐几个助手，很快就用从美国带回的零部件，装配好七十五匹马力的那架飞机。

不论试飞还是表演，均须得到总督府的批准。冯如跑到衙门申请试飞，军务和民政机构相互推诿，军务说交通和通讯都归民政管，民政说飞机在国外都与军事有关。冯如要求面见张鸣岐，又推说张大人没空。冯如接连跑了三天，才见到张鸣岐。

张鸣岐当头就说，这些天烦事缠身，顾不上你的事，不过也没什么大不了的，几个小毛贼造反，动动手就解决了。

然后问，听说你已经把从美国带回的飞机装配好了？

冯如说，我带回两架，先装配出了一架，想申请试飞。

张鸣岐说，好，我想建一支飞艇队，由你当队长。我还想办一所航空学校。你将来是要干大事的。

冯如早知有这一招，说，谢谢总督栽培，不过还不知能不能飞得起来。

张鸣岐说，飞不起来它也是飞艇。

冯如说，飞起来是飞机，飞不起来只不过是一堆柴火。

张鸣岐说，你是不想干飞艇队？

冯如说，不是不想，但目前还干不了。

或许张鸣岐以为把起义镇压下去，无疑是给冯如上了一课，使他回心转意了，愿为清政府效劳了，想吊一吊、晾一晾他，再把他收归门下，不料冯如并没有丝毫顺从的意思，张鸣岐的脸立马变得僵硬了。他拿鼻烟壶往鼻子里放烟，使劲一吸，暴声打了个喷嚏，端足居高临下的架势，语气也变得像在审讯。

张鸣岐问，听说你在美国与孙中山有来往？你在恩平的家眷为何不去美国？有个叫温德尧的人找过你？言辞中疑云密布，剑光闪烁，与其说是在发问，不如说是在点明，在警告，在威胁。这些时日，冯如已感到身边鬼影憧憧，有人在暗中盯梢，听了张鸣岐的话，心头有说不出的憋屈和愤懑。

讲到试飞的事，张鸣岐说，眼下尚不合时宜，试演会招来众多百姓，若是有人趁机作乱，连你也难脱干系，那个比利时人云甸邦就是例证。至于等到何时，须看时局的变化。

张鸣岐关上了天空的大门。

出了总督衙门，冯如心口发堵，却又不知怎的就像卸去一扇磨盘，一身的轻松。他已做出了有朝一日与革命党人合作的决定。

装配好了飞机不让飞，广东飞行器公司陷于停顿。

朱竹泉悻悻地说，早知今日，何必当初，要是在美国不回来，不知又飞几次了。司徒璧如抢白道，冯师父造飞机不就为报国吗，不回来不就成了空话。朱竹泉一直被司徒璧如压着一头，这时把窝囊气都爆发出来，火钐钐地反驳说，你总是有理，怎么报国？如今我们不是就在祖国吗，你说怎么报国？司徒璧如不依不饶地说，那你说，如今要是在美国，你又怎么报国？朱竹泉吼着嗓子说，至少还可以研制飞机，还可以试飞，把飞机造得更大更好，把刀磨得更快，不像现在被捆住手脚，什么也不能做！司徒璧如大动肝火，拿起当茶缸用的玻璃罐头瓶狠狠往地上一摔，摔得粉碎，冲到朱竹泉跟前喊，你跟老子叫什么叫？欠揍啊！朱竹泉也不省一句，挺高胸脯说，你眼睛瞪得牛蛋大，我看你敢吃了我！见两个人要动手，朱兆槐赶紧打圆场，说，在美国造飞机是为报国，回来等时机也是为报国，只要有这个心，报国总是早晚的事。

冯如在一旁不吭声，两个徒弟吵架，就像他自己的两个声音，他自己也平息不下来。

5

一天一天，冯如都在焦虑中苦苦煎熬。

这一天，朱竹泉不知从哪儿弄来两份旧《申报》，一份是5月7日（夏历四月初九）出版的，报道了法国飞行家环龙前一日在上海泥城桥赛马场表演飞行失事的噩耗。

> 5点20分，环龙君之飞艇由东而西，直向赛马场驶来，其疾如矢。但初时甚高，其后渐低，闻机轮轧轧声颇厉。环龙君先在场内盘旋一周，平稳且速，观者莫不鼓掌。迨行至华商跑马总会所搭之木棚西面，环龙君似欲扳机向左，做一小转弯，然后在场内空地落下。不料艇身骤然向右而倾。观者皆大呼，谛视之，环龙君已脱出座位，以足钩住机上之木条，全身倒悬空际。而该艇则左右旋转不定。一刹那间，但闻砰然一声，该艇已倾斜而下，其声极猛且速，全艇木条，碎为齑粉。

冯如读之，心头漫过一阵悲壮的感情。

另一份5月24日（夏历四月二十六）的报纸，透露了清廷筹建航空队的消息。

> 京师近事，今年秋季大操，军咨府、陆军部、各镇人

员纷纷筹备，一切已有端倪。惟现今各国均组织有飞行艇队，由空中传递消息。此次秋操，若缺此项通信机关，殊不完备。闻涛邸报由留欧学生中，选派精通法语七八人，入法国飞艇学堂，赶紧学习，约两月即可毕业。并由欧购回飞行艇三只，组织空中飞行艇队，以备秋操通信之用。但各国飞行事业研究有年，牺牲性命者不知若干人，而我国七八学生，费两月工夫，即可学习之，何成事迟速之不同耶？

冯如扔下报纸，徒叹一声。最后一句对他刺激尤大。他为政府对自己的无视感到郁闷，又为报国无门焦虑万分。他又抓起报纸，把最后一句话一个字一个字连看了两遍，忧愤地说，我还不如环龙，我连为国赴死的权利都没有！

冯如犹如笼子里的困兽。他疯了一样，在广州到恩平的破碎官道上来回奔跑，在广州市内市郊四处乱转。

这天黄昏，他来到了黄花岗。

广州起义失败后，遇难革命党人暴尸街头，清军和密探横冲直撞，见到穿洋装、剪短发的就抓，吓得连死难者的亲人也不敢出来认尸。直到三四天后，尸体腐烂发臭了，番禺和南海两县知事才叫慈善堂派仵工把尸体运送到东门外咨议局前旷地，准备在处决罪犯的臭岗掩埋。这是对烈士的亵渎！此时有一位叫潘达微的人挺身而出，他要把烈士葬于净土。他利用父亲曾做过清廷一品武官，周旋于政府要员之间，终以慈善堂的名义收殓了烈士遗体，同时抵押自己的房产，买下白云山下的红花岗作为墓地。殓葬之日，潘达微亲自协助仵工，为烈士遗体洗净血污入殓。烈士遗体共收了七十二具，他倾尽囊银买的棺材仍不够数，只好将几具遗体装在一个棺材里。随之他扶棺至红花岗安葬。他觉得红花岗不足表达自己的感情，于是将其改名黄花岗。

冯如知道，潘达微也是革命党人。他是冒死做了这件事！

芳草萋萋，夕阳残残，碧血横飞，浩气四塞。站在坟冢旁，冯如想起在起义中被打死的革命党人，想起温生财，直感到一股火辣之气在胸中冲腾。

回到燕塘的工场，冯如要大家连夜跟他检查飞机。

朱竹泉问，衙门同意试飞啦？

冯如说，不管他！他若不叫我活，我就不活啦？

第二天，6月21日早晨，他们把飞机推到草地跑道上。几个名为看护飞机、实为监控冯如的清兵见了赶紧跑过来，问要做什么。冯如说要做试飞，看看经过海上长途运输的飞机是否完好。小头目伍长说，不经批准不能动。冯如说，你讲的是公开表演，我这是工作，不是公开的。小头目说，那也不行，那也要禀报衙门。冯如径自跨上了驾驶座。小头目吆喝清兵挡在机头前面，一边吩咐人快马奔总督府报信。

冯如根本不管清兵，径自开动了发动机。飞机嘶吼着往前移动。清兵惊愕得四处散开。

飞机滑行了一段，猛地跳离地面，冯如使劲拉高，但飞机像一头沉重的病牛，没挪几步就下坠，哐当一声实实地摔在草地上。

冯如被卡在驾驶座上。朱竹泉、司徒璧如和朱兆槐忙手忙脚解开锁扣，拉的拉，扶的扶。冯如使劲甩开他们的手，心情恶劣到了极点。

十一、革命军（1911—1912）

及武昌起义，各省反正，冯君以虏巢未破，终为后患，
遂结合同志，组织北伐飞机侦察队，在燕塘陆军营内制造
飞机，只当义务，不受薪金。

——广州《时事画报》，1912 年 9 月号

1

好日子过得快，糟糕的日子过去了，回过头看看，也觉着快。

6 月 21 日那天飞机摔了，拉回工场，去衙门报信的兵丁折返回
来，说张鸣岐传下话，绝不允许擅动飞机，如违抗命令，即予收缴。
无奈，只好把飞机零部件擦拭上油，仔细维护，重新封存。

飞机不让动，冯如也曾想制作些抽水机、打桩机之类，一可让
广东飞行器公司有事做，活着口气，二可卖些钱，补贴生计，但没
了那个心思，飞机不飞就是个废物，一大坨就堵在心里。工场就放
了假，冯如把省城和乡里两头挑着，这边看风头寻时机，那边帮三

菊干农活，照顾卧床的爹，不由得想起表舅说的，过日子就像种地，天上长不出庄稼，嘴里就觉着发苦，唇角起泡。有时也同冯树义老先生，同乡绅们谈天说地，也跑到县城南埠街修理油灯洋伞和留声机的温利益店，同温德尧晤面。见冯如着急，温德尧给他出点子，要他把飞机运到下面县城试演，邻近几个县的革命党活动得很厉害，清军的手伸不过来。冯如把飞机视若生命，不知县城有没有条件，怕损了飞机，又想好死不如赖活着，不如走着看，就委托温德尧物色场地。

十月下旬的一天，冯如又去找温德尧，想问问情况，找了几个地方都不见，遇到他手下的一个人，说革命党在武昌攻占了总督府，起义成功了，这边的革命党人正张罗攻打广州，温德尧到番禺开会去了。

冯如闻之一振，拔腿就往广州跑。

2

广州一派生气，一派乱象。街头巷尾，酒楼茶肆，满脸兴奋和忧惧的人三五成群凑着脑袋嗡嗡嘤嘤，说四邻州县的革命军把广州围得铁桶一般，气势汹汹地要打来了；说绅商、耆老、旗官和报人正在文澜书院开会，商议避免战乱的对策。冯如跑到书院，见门口竖起一面白布旗，上书"广东团独立"大字。正巧里面出来个人，说已拟出了和平独立、承认共和的方案。围拥的人群爆响一阵欢呼，有人还燃放起鞭炮。

冯如在人堆里站了一会儿，肚子咕咕叫个不停，才想起只顾赶

187

路，已经一整天没吃东西了，便就近找了一家饭馆坐下，要了碗牛腩沙河粉。饭馆里也叽叽喳喳很热闹，邻桌几个人眼盯着一个眼泡浮肿的胖子，那胖子正说得起劲。就听他说，这武昌的革命军把铁血十八星大旗往黄鹤楼头一插，就拉新军协统黎元洪出来当首领，黎元洪说这不是害我吗，木偶一样，终日盘膝闭目不吃不喝，直到汉口的各国洋人都宣称"中立"了，才接下了革命党人送给他的军政府大印。

正说着，门外响起嘈杂声，众人都往门外看，见一队游行的民众走过，还高呼"独立万岁"的口号。等游行队伍过去，胖子接着说，这黎元洪当了军政府首领，不得已剪掉发辫，革命党蔡济民抚摸着他的头说，都督好像个罗汉。你道他怎么讲？他说是的、是的，我觉得我更像弥勒佛哩。一桌人都哈哈大笑。那胖子说，这军政府一掌权，就发出布告，宣布人人平等，人人有民主和自由的权利，免除湖北境内一切恶税，除盐、酒、糖、土膏外，一律永远裁撤！满桌人听了都击掌、举酒庆贺。

这时，急惶惶跑进来一个人，对那桌人说，不好了，一队清兵开到文澜书院，把旗灯扯下用脚踩踏，在墙上贴出告示，说张大人要严惩闹独立共和的人。

那一桌人像当头挨了一棍，面面相觑。胖子说，不是讲张大人应允搞共和了吗，怎么又变卦了呢？看来仗是免不了要打了，老百姓又得遭殃，各位赶紧回家收拾收拾，到外面避避风头吧。那一桌人起身就往外走。满屋子的人跟着往外走。

天早已黑尽，街上的商铺仍是悬旗张灯，酒楼里还在饮酒庆祝，远远近近还有人燃放鞭炮和礼花。

188

冯如连夜回到东郊的燕塘。只有司徒璧如在工场留守，朱竹泉、朱兆槐回乡未返。冯如盼着革命党早进广州，那样就可以参加革命军，就可以驾飞机上天，去实现飞机救国的梦想了。但又怕战火殃及飞机，燕塘驻有清军，仗要是打起来，不要把飞机和机器设备给毁了。冯如心急如焚，越想越急，得赶紧找地方把飞机和机器设备藏匿起来，他要司徒璧如马上去新宁大明塘村，叫回朱竹泉和朱兆槐。司徒璧如骑上从美国带回的自行车就出发了。

3

张鸣岐反对和平独立的消息传开，广州一时间满城风雨，商铺关门歇业，巡警四处扑审驱散集会演说，轮渡码头和火车站拥挤不堪，人们竞相迁往港、澳或乡间。城门只开大南门和小东门，其余全部关闭，民众断粮断菜断柴。劝业道、咨议局和七十二行贴出告示，说商店照常贸易，要民众安居乐业，但就连典当行都止当候赎了。《安雅报》和《羊城报》报道清军反攻武汉三镇的时讯，同时也刊登各省脱离清廷宣布独立的消息。革命党即将攻城的传闻又掀波澜，大祸将临的恐慌笼罩着每一个人。

冯如守着宝贝飞机，焦急万分地等着几个助手，几天过去了，他们早该到了，可不知为何还没动静。他还要同监督他的清兵周旋，物色藏匿飞机的地方，谋划在清兵眼皮下运走飞机的办法。不管用什么办法，他一个人做不了，得等助手们回来。

临近中午，官道上走过一支队伍，是往城里开的。这些人携带火铳刀叉，也有长杆洋枪，穿的"军服"五花八门，但都挂着缎质的襟章，细一看，三个人里头就有一个的襟章上写着"统领"，还有写着"广东独立担旗人"的。看着这些人，冯如就想起温德尧收编绿林拉队伍，心想坏了，这仗马上要打响了。这时燕塘清军兵营响起了炮声。

正急呢，就见朱竹泉、司徒璧如、朱兆槐三人灰头土脸地跑来了。原来，自行车是个稀罕物，广州偶有洋人骑，那天司徒璧如走出没多远，就被一支队伍把车子抢了，等他徒步跑到大明塘村，叫上朱竹泉和朱兆槐往城里赶，又被一队人马拉去入伍，被人看着管着，他们是趁这伙人围观杀猪造饭的当口开溜的。冯如见几个人疲惫不堪，叫他们抓紧睡上一会儿，说藏飞机的地方已找好了，今夜就行动。

到了下午，官道上来来往往的队伍多了起来，有民军，也有清军。看管工场的兵头跑来，把几个清兵叫走了。怎么回事？几个倦意全无的助手都觉得奇怪。冯如说，看样子局势有变，兆槐和璧如守在这里，我和竹泉看看去。

冯如和竹泉来到大东门外的咨议局。

这是一座古罗马式建筑，中间一座两层高的白色圆顶楼，门前环列着八根罗马柱，东西两侧的附楼高低错落，极为气派。门首高悬民国国旗、军旗，墙上张贴着"新汉万岁""民国军万岁"的标语。许多人聚集在那里。冯如又碰到了那位肿眼泡的胖子，便向他打听，他告诉冯如，武昌起义成功后，广东的党人先在各州县起事，对广州形成包围，广州的土绅巨贾为自保，联合提出独立自治、承认共和的议案，张鸣岐开始含糊其词，骑在墙头上，后听说清军在武汉反扑，马上变脸了，收编了近万人的新军，企图顽抗，可水师提督李准愿意反正，张鸣岐失去武力后盾，也不知跑到哪儿去了。今日上午，各团体在咨议局开会，宣布广东独立，升起了青天白日满地红旗，李准叫炮台、兵船皆升民国军旗，放炮志贺。

冯如就想中午的炮响是为志贺，便问在何处能找到革命党。胖子说，协统蒋尊簋就是革命党，他现在是临时都督，这会儿就在咨议局楼里。冯如拉着朱竹泉说，走，参加革命军去！就进了咨议局。

他们找到临时都督蒋尊簋的办公室。屋子里人很多，朱竹泉挤到前面，嚷嚷着说冯如要见都督，冯如要带着飞机参加革命军。蒋尊簋马上从办公桌前站起，在众人惊异的目光中绕过桌子，热情地同冯如握手，说，早闻冯如大名，欢迎冯如参加革命军。让冯如坐下，叫侍从倒上茶，又问飞机能不能用，何时能装配好，有几人会驾飞机。冯如据实做了回答。蒋尊簋说全国各省都纷纷宣布独立，但清廷仍在垂死挣扎，革命军很快就要北上，直捣清廷老巢，要冯如抓紧把飞机装配好，组成一支飞机队，担任北伐的侦察重任。说着拿起笔，写了一张委任状，任命冯如为广东革命军飞机长，朱竹泉为飞机次长，司徒璧如和朱兆槐为飞行员，并盖上了新刻的都督大印。

蒋尊簋站起身，双手托着委任状交给冯如，笑着说，我先下个委任状，等到军政府成立，再做正式任命。

满屋子响起热烈的掌声和喝彩声。

没过几天，军政府成立，正式下了委任状。冯如参加了革命军，立即领着助手把机器设备和飞机零部件拆封，恢复了制造飞机的业务。

回国后装配的第一架飞机，是七十五马力的那架大飞机，试飞坠毁是由于在船运中受潮损蚀，运转失灵，经检验已无法修复使用。而从美国带回的那架小飞机，发动机等金属部件同样受潮生锈，机翼蒙布和木质的螺旋桨、支架等易朽部件，更是变质变形，强度衰减，顶多只能拆卸后，选其堪用的加以整修使用，就是说他们面临的不是装配一架飞机，而是要重新制造一架飞机。造一架大飞机比造一架小飞机困难得多，造大飞机还是造小飞机，冯如征求大家的意见，几个助手都说要造大的，中国人自己造的飞机首次在国内亮相，就得亮出本事，振奋民心，再说马上要参加北伐，大飞机载重大，飞得远，更能派用场。冯如想的就是造大飞机，大伙跟他想到一块儿了。

图纸是现成的，跟以往一样，施工前又对图纸仔细做了修改。造飞机的材料，金属部分主要是从美国带回的，如制造发动机的钢龙、轻铁、铜片及各种线材，而方向舵、螺旋桨、机身和机翼，主要是用在广州搜集到的竹、木、布匹等材料。施工也跟过去一样，每一个零部件，每一道工序，都由冯如亲自操刀，其他人打下手，至多做些预制工件。

开工后，四邻八村的百姓，燕塘反正的清兵，城厢内外驻扎的民军，城里的居民，都闻讯跑来看稀罕。在美国，飞机制造师生怕技术失窃，造飞机都是秘密进行的，冯如也不例外，而且他喜静不喜闹，工作时精力高度集中，说来也怪，现在他全无防范意识，人们问东问西，他还示意助手解答，也不怕闹，工场内外整日没个消停，他反倒干得更起劲，效率更高。原来监视他们的清兵，现在帮着维护秩序，开始还把人往外挡，往外撵，后来见不是这个意思，就松了许多，任由人们围观。

4

　　这一天，温德尧不期而至。他在恩平联络绿林和策反清将的工作大获成功，于11月9日发动起义，13日攻克恩平县城，活捉了县知事王泽，此后当了几天临时县长，如今在广州军政府的军事部做事。

　　一跨进工场，温德尧便挥舞着报纸高嚷，好消息，好消息！中华民国昨日成立了，孙中山当了临时大总统！

　　好！好！冯如和朱竹泉、司徒璧如、朱兆槐几个人都站立起来鼓掌。

　　你看临时大总统就职宣言书怎么说！温德尧展开报纸，念道："国家之本，在于人民。合汉、满、蒙、回、藏诸地为一国，即合汉、满、蒙、回、藏诸族为一人。是曰民族之统一。"

　　冯如的眼睛倏地就热了，眼泪一下就涌出来了。他接过报纸匆匆看过，边抹眼泪边看。他把报纸递给助手们看。他拉住温德尧的手，问，军政府准备何时出兵北伐？温德尧说快了，他就是为此事来的，蒋部长问飞机造得怎样了。冯如刚要张口，转念又急切地说，走，我们边走边说，我当面禀报他去！

　　广州军政府成立后，蒋尊簋当了军事部部长，都督由胡汉民担任。冯如和温德尧径直来到他的办公室。蒋尊簋招呼道，我们的飞机长来啦！也不客套，直接就问，你的飞机装配好啦？冯如说从美国带回的飞机已无法装配，得重新制造，不过不用多久就可竣工。蒋尊簋说，好，好，要快些造出来，而今民国成立了，但虏巢未破，

193

北伐已是箭在弦上，随时准备出征。温德尧说，蒋部长已叫人给报纸写稿，说你的飞机不但能侦察，还能架大炮，还能扔炸弹，威力无比。蒋尊簋笑道，不战而屈人之兵，善之善者也，且所报也并非虚诈。他告诉冯如，武昌都督府和沪军都督府也分别成立了航空队，湖北制造局还专为航空队造了一批五十磅的炸弹。说着找出一份《申报》，上面说华侨革命飞机团在国外购买的飞机已运抵上海，孙中山已下令在南京修建机场，"革命军飞机凌空四千尺，威力十分伟大"。

这么多年，冯如抱定壮国体、挽利权的信仰，以坚韧的毅力，冒着巨大的风险研制飞机，而今他知道，航空救国不再是遥远的梦，而是一个被时代拥入怀抱的现实。冯如感觉到了一个早晨，他的体内猛烈燃烧着天边的热血霞光。

他克制住激动，说，我想在下月搞一次飞行试演。蒋尊簋说，好，有什么要求你尽管说，届时我一定前往观瞻！又说，怎么安排，由温德尧同你商议。

温德尧陪冯如吃过午饭，然后把他领进一间屋子，诡秘地一笑，说，今天你来得正好，先别急着回去，有好戏给你看。他从衣帽架上取下两顶帽子，自己戴一顶，把一顶戴在冯如头上。冯如摘下帽子，见是圆顶宽檐瓜皮帽，昂贵的紫獭皮，说，我平常不戴帽子，不习惯，天不冷，皮帽更戴不住。便要往衣帽架上挂。温德尧说，这出戏你不光看，还得演，这是行头。冯如说，要戴也戴毡帽，这个太扎眼。温德尧说，要的就是扎眼，就是这十几元一顶的皮货。冯如只得又戴上。温德尧往腰间掖了把短枪。

走到街上，温德尧说，军政府为改革旧风陋俗发布政令，提倡剪辫放足，你看街上这些男子，他们刚剪掉辫子，颇觉不适，就戴帽子捂着，帽子供不应求，一帮叫"百二友"的恶赖就专抢帽子，名之曰"射盔"，搞得人心惶惶。新帽子老被抢，有人故意用火烛在上面烧出许多洞，才敢戴着出门。今日就杀杀这帮恶赖的气焰。

说话间到了大东门直街，温德尧扯扯冯如的衣袖。来了，你跟在我后头，没事。就见迎面过来两人，都是前脑留一小撮头发，穿白鞋、绿袜。他们没事一样，等走到跟前，其中一个猛地一把撸下温德尧头上的帽子，另一个正想撸冯如，温德尧已拔出手枪，两个家伙掉头就跑，温德尧朝天放枪，街角的理发匠和顾客"呼"地冲过来，把两个"百二友"制伏捆住。随后，温德尧和几个执短枪的推搡着"百二友"走到新汉医社，温德尧头一歪，大伙冲了进去，把里头的人都抵住，这些人都是白鞋、绿袜、吊带和前脑一小撮头发。入到后座，只见两旁架子上摆满了各色毡帽，还有刀具和走私来的驳壳枪、左轮枪。温德尧问，你们的萧统领呢？几个"百二友"牛皮哄哄的，说，不知道。温德尧说，跑了初一，跑不了十五，先把这几个绑到东校场枪决！那几个听说要枪毙，一下子软了，直喊军爷饶命。温德尧厉声喝道，你们这帮烂仔横行市井，无恶不作，政府有令，一经捕获有杀无赦！那几个一听号啕大哭，跪到地上拼命磕头捣蒜。温德尧说，政府废止跪拜，再加一罪，拉走！

押走"百二友"，冯如把獭皮帽交给温德尧，说戏演完了，得回去了。温德尧说，不忙，还有事跟你讲。两人在大堂坐下，拿过桌上的茶壶一人倒了一碗凉茶。呷着茶，温德尧问飞机参加北伐需要什么条件。冯如说需要油料、卫兵和运输的大车，还得在前线及时筑出飞机跑道。温德尧问需要多少钱。冯如答，造飞机是无偿的，

195

华侨纷纷为革命军捐资，我们以飞机捐助，其他开支由政府掌握。温德尧问飞机造出后，是不是必经试演检验。冯如答，是的，按照完全相同的图纸和材料造出的飞机，有的飞得起来，有的飞不起来。温德尧点点头说，你看到了，广州的局面很乱，在燕塘试演飞机恐要视情而定，不行的话，可转到新宁试演，自上回跟你讲起，我就留心这事，那边有个操演新军时开出来的大操场。

温德尧告诉冯如，广州光复后，围城的各地民军涌入广州，他们中不少是绿林出身，拉几个人两杆废枪，便成立一个统领部，出卖营长和副官的委任状，营长又出卖连长，捞回一笔。这些人匪性不改，抓个什么人想杀就杀，动不动就开膛破肚，悬挂道旁树上，闹得乱象丛生，"百二友""救世军"便乘机作乱，百姓整日不得安宁。再有，张鸣岐逃跑卷走了银库，军政府又减少了税收，给他们发军饷也不堪重负，所以除将少数编入陆军外，其余尽数遣散，但民军的头目不从，可能要动武解决，燕塘陆军与附近民军或有一战，你要倍加小心。

冯如感谢温德尧的关照，说等造出飞机，能在广州试演最好，如不行，转到新宁也好，他的两个徒弟朱竹泉和朱兆槐都是新宁人，在家门口试演，也是对他们多年辛苦的回报。

临别时温德尧说，本来想把你的家眷接到广州，与你团聚，住处都安排了，但眼下时局动荡，只好等等再讲。冯如谢过便告辞了。

回燕塘的路上，经过几个民军据点，果然觉出气氛紧张，预示着山雨欲来。

回到工场，几个从清军变过来的革命军兵士正在学唱北伐军歌。

同胞们，大家起来，唱个歌儿听，

警钟一响，森森森，睡狮齐猛醒，

革命军，起义武昌，六合同响应，

推翻满清，奔奔奔，妖氛全荡净……

5

冯如赶制的这架飞机，与在美国奥克兰市艾劳赫斯特广场上试飞的那架相同，但略有改进，如升降舵由双帆改成单帆，下机翼两端各增加一个护翼弯杆，以防飞机在地面滑行时因侧倾受损。这将是中国人在自己的国土上制造的第一架飞机。

但就在发动机、机翼、方向舵、螺旋桨及机身等一件一件制成即将组装时，北京传来消息，隆裕太后在紫禁城养心殿交出皇印，宣统帝宣布退位了。

腐败无能、给中国带来无尽耻辱的清政府倒台了，中国有希望了！人们奔走相告，广州城一片欢腾。冯如被军政府请去参加庆祝宴会。席间，蒋尊簋向冯如敬酒，说，推翻鞑虏，也有你们飞机队的助力呀。冯如连说惭愧，说，飞机队并没参战，至今未建寸功，哪来的助力？蒋尊簋说，飞机队虽未参战，亦可说已参战，革命军拥有强大的航空队风闻全国，壮大了声势，据说袁世凯就曾以此逼迫隆裕太后接受和谈条件，其威力要比大炮厉害百倍。说完把杯中酒一饮而尽。冯如见状也一饮而尽，说，我只好先领嘉许，再行建功了。

这月底，回国制造的第一架飞机竣工。为保险起见，冯如还是想在燕塘试飞。可军政府不批，老是说就要动手解决民军，一推再推，一晃就是一个月。冯如不能再等了，也不向军政府报告，决定把飞机运到新宁试飞。启运这天，那班由清兵变过来的革命军缠住不让走，兵头说，没有上头命令不能动，我要对你的安全负责。冯如问，你是清兵还是革命军？兵头不知何意。冯如说，去年你挡着不让我飞，如今又不让我飞，革命军与清军岂能一样？兵头无言以对，讷在那里。

去新宁的途中，朱竹泉和朱兆槐特别兴奋，一路有说有笑，朱竹泉想起多年前在典梓农场自比唐僧师徒几人的事，又复制这个游戏，只是人换了，角色也换了，这回他让自己当孙悟空。司徒璧如不干，两人又拌了一通嘴。

新宁的县长、士绅和民军隆重地接待了他们。民军遭遣散，许多人又沦为绿林土匪，与县长和士绅已形同敌人，现在因为冯如的到来，他们又坐到一起推杯换盏，称兄道弟了。

试飞地点在县城南门桥。试飞这天，操场北侧聚集了闻讯而来的两千多乡亲。

当冯如登上飞机，喧闹的人声戛然而止。偌大的操场上像寂静的原野，发动机在这寂静中轰响，飞机向前冲了一段，便如同一只巨鸟缓缓腾起。

在场的乡人看傻了，先是噤声，然后爆发出一阵阵惊呼。

冯如驾机往县城外画了一个圈，几分钟后，稳稳当当地降落在操场跑道上。

一切都出奇的顺利，顺利得出乎冯如预料，一切似乎是在不经意间完成的，他甚至都不太兴奋。

这是又一次非凡的飞行。这是中国人自制的飞机在祖国的天空首次成功飞行。这是中国人驾驶自制的飞机在祖国首次成功飞行。

　　这又是一次仓促的非公开试飞。试飞可能成功，也可能失败，自己去年6月试飞坠机，各地成立的航空队，除沪军一架奥地利产的"鸽"式飞机飞到江湾上空散发传单外，其余均不成功，今年初，华侨革命飞机团把带回国的两架飞机装配好，有一架未飞即损，另一架飞起数尺高就坠毁。所以，冯如格外谨慎，要求严控消息，连报社都没通知。怕时间拿不准，临试飞也未及通报军政府。除了朱竹泉和朱兆槐的亲属，他与司徒璧如的亲属都没让来，尽管这儿距恩平莲岗堡自己的家和开平赤坎司徒璧如家都不远。

　　冯如很有些后悔。要是三菊和冯老先生看到今天的飞行，他们该有多高兴啊！

十二、喜信（1912）

君言吾侪不忘祖国，能以菲材薄技贡献于社会，此吾
之深愿也。

——上海《时报》，1912 年 9 月 10 日

1

到新宁试飞，当地乡绅、会党、团练和绿林好汉每日杀猪宰羊，
竞相宴请冯如，还为谁先谁后发生争执，险些刀枪上堂。回广州时，
人们用牛车载着飞机和装赠礼的箱笼，前呼后拥一路护送。

队伍过了鹤山，进入佛山的丘陵地，正走着，林丛中突然蹿出
一帮人马横在路中间，这拨人操着来复枪、抬枪、土造单响、鸟铳，
还有长叉宽刀，人人足蹬缝着白布的乌缎靴，面目凶悍。

一个阔脸膛上有一道大斜疤的人上前一步，抱拳鞠躬道，敢问
兄弟什么来路？

一见阵势，就知道遇上了劫道的土匪，朱竹泉、司徒璧如和朱

兆槐迅速闪到冯如身边，把冯如围护在当中。

拣子！闻声就见护送队伍中站出一精瘦汉子，也抱拳施礼，说，都是吃搁念的山码子兄弟。

见这边讲黑话，大斜疤乜斜着身穿西装的冯如几个人，也用黑话说，大佬拉心接到财神，借道走，还规矩，见面开花！

精瘦汉子说，不是肥鸭，是份腿子。借大佬码头官条子，请行个方便。

大斜疤面露不悦，说，你攒儿亮，不要装空子叫票，拉钩两便，免得伤和气！

精瘦汉子也立了眉，说，大道朝天，各走一边，出嚓行，认交情，点错相鼓了盘儿，看谁攒稀！

大斜疤说，敬酒不吃吃罚酒，别怪旗子不认人！说着一挥手中的曲尺手枪，群匪哗啦啦亮出枪械。

精瘦汉子也不示弱，说，你个地蹦子要开片？老子的牲口也不吃素！从腰间拔出双枪，手下呼啦散开。

两边讲的是黑话。大斜疤问来路，精瘦汉子说是民团的，都做江湖买卖。大斜疤说你绑到了有钱人，要过路得按规矩来，得见面分财。精瘦汉子说不是什么富户，是尊贵的客人，借你地盘上的官道过路。大斜疤说看你像个明白江湖事理的，不要装傻讨价还价，分了财物走人，免得伤义气。精瘦汉子说出来混讲个交情，认错人翻了脸，谁怕谁呀。两人说的旗子和牲口都是指枪，开片即开打。

不忙，不忙！冯如见要动干戈，便挣脱几个助手挺身而出。他不懂黑话，但意思明白，见劫匪冲自己来，便高声说，不是想要车上的货吗，那就拿走吧，恐怕只能当柴火烧。

201

大斜疤一愣，认真看看冯如，又看看两辆牛车上的蒙布，狐疑地说，什么，你说是柴火？

冯如点头说，飞上天叫飞机，飞不上天就是一堆柴火。

大斜疤没听明白。

精瘦汉子对大斜疤说，你道他是谁吗？他是恩平的冯如，前几日在新宁放飞机上天的冯如！

大斜疤又一震，抓耳挠腮偷窥着冯如，进退两难。这时一个军师模样的人忙不迭地跑到大斜疤跟前，与大斜疤叽咕几句，然后对冯如说，原来是冯先生呀！冯先生放飞机有如神功，天下无人不晓，在下是有眼不识泰山，冒犯，冒犯！又忙着解释说，去年秋冬闹正，进了城，不想革命军过河拆桥，把弟兄们给遣散了，没了生计，弟兄们只得反水做点儿小生意，不想冲撞了先生，该死，该死！说着正反手俫抽自己耳光。

冯如上前按住他的手，说，谁不是拖家带口的，这年头都不容易。

军师说，先生说的是，这年头兵荒马乱，大鱼吃小鱼，小鱼吃虾米，不长几颗牙，只为俎上肉。

大斜疤缓过劲儿来，对冯如抱抱拳，说，兄弟我鲁莽，先生多担待。先生如能赏脸，不妨屈尊到村里歇个半晌？

没等冯如回应，精瘦汉子抢着说，不用客气，前头已有安排。

大斜疤不满地瞥他一眼，对冯如说，那好，我叫几个弟兄送一程，先生多保重！话音刚落，群匪呼啦闪开了道。

2

一行人出了丘陵地，在一个乡绅家住了一夜，起来又赶路。眼看要到燕塘了，护送的人马就告辞了，只叫几个人徒手把牛车赶到军营。

看护工场的兵头见冯如回来了，满面喜色地迎上来，说，冯队长你可是回来了，这些天我就像热锅上的蚂蚁，急得团团转。当初不让你走，你偏走，上头怪罪下来了，说先把我的脑袋存我这儿，师傅你要有个三长两短，我这脑袋就不是我的了。冯如笑着说，这不是好端端还长在肩膀上吗。又说，也是难为你了，乡亲们送了一扇猪肉，趁新鲜炖了，吃顿酒压压惊。兵头点头哈腰客气了两句，连忙吩咐手下炖肉。末了，交给冯如一封美国来信。

信是黄杞写的，信中说冯如寄来美国的信收到了，得知你们参加了革命军，并造出第一架飞机，能直接为祖国的强盛出力了，大家都很振奋，很羡慕，我和张南、谭耀能都盼着早日回到祖国，为祖国造飞机，一旦你那边招呼，我们将立即启程回国，"我们几个真是归心似箭，度日如年"。信中介绍了各人近况。冯如走后，黄梓材想资助黄杞重办公司，黄杞全没了那份心思，一边给人修机器打零工，一边等冯如的消息。张南和谭耀能干回开饭馆和洗衣店的老本行，也是边干边等。尼里说公司没遗下说不清的债权债务，至今未遇什么麻烦事，他现在金门海军基地当工程师。表舅吴英兰的老婆到美国后，仍是靠摆小摊维生，大伙也常接济一点，日子过得还算平顺。信中说陈石锁可能已不在人世了。去年冬季，红脸虎找陈石锁报复，两人打了一仗，红脸虎被彻底打残，陈石锁负枪伤潜逃，被警察局捉住下了死牢，洪门致公堂多方搭救都无济于事，听说他已在大牢里被人打死了。

信的末尾说大伙祝愿冯如大展才华、前途无量，列了刘一枝、黄梓材等一大串名字。

读完信，冯如百感交集，他怀念在奋斗岁月的那些人、那些事、那刻骨铭心的友情亲情，他如今没有他们想象的那么遂意，他的心中像刮风一样刮过一阵阵感动，刮过一阵阵酸楚和焦虑。

冯如两眼直勾勾地望着暮色中天边那朵红云发愣。

兵头吆喝开饭了。大家围着一口大军锅，吃炖猪肉，喝酒。几个兵士肉吃撑了，都蹲不下身子。

次日早上，冯如领着朱竹泉前往军政府，管事的都不在，蒋尊簋带队到南海清乡去了，温德尧在长堤演讲。他们转身就去长堤。

忽如一夜春风，广州情状大变。剪掉辫子的男子，不少人头戴白色丝葛礼帽，身穿西洋装或学生装。上穿短衣下套长裙上街的女子多起来了，追逐时尚的年轻女子穿着东洋式窄而修长的高领衫，下系不加刺绣的黑长裙，梳着东洋髻，留一绺燕尾式刘海拂在额上，显得清秀大方。沿街的墙上树干上横七竖八贴着标语。街头搭起许多戏台，演戏的少，激情演讲的多。这一幅流花飞柳的街景里却又掺杂着冷风寒雨。店铺里的食品和日用品已售空，货架上只剩些卖不出的陈年老货，许多货档和饭馆都关门歇业，米店门前排起长龙的人们在焦急地等货。时有军伍押着五花大绑的罪犯奔赴刑场。报童沿街叫卖：卖报卖报，抢匪视军队如无物！卖报卖报，都督府枪毙报馆发行人！

临近中午，他们到了长堤，在一座用竹木搭起的大棚旁找到了温德尧。台上戏班子在演戏，温德尧和几个穿军装的正在一侧的桌旁喝茶议事。

坐下后，温德尧说，得知你试飞成功，大家都很高兴，都督还说要奖赏你呢。冯如讲了到新宁的试飞经过，说想趁热打铁，接着在广州做一次正式表演。温德尧说，好，我们马上就上条陈，不过飞行表演是大事，这些日子上上下下都忙着清乡剿匪，恐怕要再等一等。

温德尧告诉冯如，军政府的当务之急是清乡剿匪。军政府要民军回乡，民军不从，陆军同几股势力大的打了几仗，把十万民军驱出了广州城，这期间还解散了号称十万的国民团体会。但顾了东堤决西堤，民军中相当多的人出身土匪，被遣散后又重操旧业，弄到遍地皆匪，抢劫械斗聚赌贩鸦片，各属治安混乱不堪，民生艰危。广东军政府为恢复秩序，树立权威，在全省大举清乡剿匪。土匪不甘束手就擒，伏击军队，焚烧军营，肆意捣乱破坏，异常猖獗，昨日还在东郊的车陂、南岗火车站抢劫，炸毁了车陂至石牌的路轨。

自从带着飞机回国后，冯如心头一直燃烧着天边的火焰，他要驾飞机在祖国的天空翱翔，守护祖国的港口和海岸线，去实现壮国体、挽利权的梦想。但转眼已经一年多了，他的飞机仍被束缚着翅膀，别说军务，至今都没做一次公开的飞行表演。新宁试飞成功，他鼓足信心，欲做飞行表演的冲动更强烈，但动荡局势使他仍不能自主飞行，这还不如在美国，他在美国有一种漂泊的孤独感，而今他的飞机仍在孤独地漂泊。飞机就是他的生命，他为无力把握飞机的命运而万分焦虑。

见冯如神情黯然，温德尧说，我还没跟你讲呢，你去新宁期间，你妻子梁三菊来过广州，我让她在广州等你，她说家里爹娘还要照应，我安排她玩了几日，就派人送她回去了。这段时间，你不如先回乡看看，等有了消息就通知你。

冯如很无奈，又不知怎么的特别想回家看看，便答应了。

他同温德尧商量着写了条陈。条陈是以飞机队名义写给陆军司的，意思是当今世界各国都大兴实业和科学，航空技术是当今最先进的科学，飞机必将成为最锐利的兵器，为开通民智，普及航空知识，倡导航空救国，推动祖国航空事业发展，特呈请定期为民众做飞行表演。

写好条陈，冯如对温德尧说，在美国研造飞机时，我发过誓，我要以身家性命研制飞机，掌握这一绝艺报效祖国，苟无成，毋宁死。而今在祖国做飞行表演，力推飞行用于军事，我还是那句话，苟无成，毋宁死！

冯如说着激动得站了起来，其他人也都站起身，一脸肃然。

回到燕塘，冯如伏在灯下给黄杞写回信，但心里烦躁不安，怎么也静不下来。算啦，不写了，明日发个电报吧。

3

冯如回到家乡恩平莲岗堡的杏圃村。

5月的岭南乡村，平坝里的水稻，丘陵间的红烟、土豆等作物一片葱绿，村边道旁的乔木灌林杂树生花，牛羊在山坡上啃草，鹅鸭在池塘里嬉戏，家乡已从前两年的大灾中缓过来了。

冯如日间不是在田里耘草施肥，就是到后山上砍柴采药，或是跑到镇上请来郎中给爹治病，或是修理房屋农具，给自家忙，也替冯树义老先生忙，还带着冯先生放风筝，他不能停下来，一停下来心就空荡荡的。他被劈成了两半，一停下来这一半就想另一半，另一半是游魂，在广州的天空漂泊。

到了夜里，三菊就把冯如抱得紧紧的。三菊说，我要给你生个仔。三菊的眼睛郁郁的，每夜反反复复说，我们得要个仔，有时说着就哭了。三菊过去不这样，冯如知道她去广州时听到了些什么，尤其是去年试飞坠落的事，他知道三菊的担忧和恐惧，在他眼里，三菊就像襁褓里的婴儿，是那么弱小无助，他心里涌起一阵阵爱怜。

冯如说，好，我们要个仔。

他知道他们的仔在哪儿。他领着三菊急切而小心翼翼地寻迹而去。他把耳朵贴住三菊的肚皮，煞有介事地说，听到了，听到了，听到我们的仔了。三菊羞得脸热，轻轻打了他一巴掌。冯如说，真的，他要跟我说话呢。便伏下身说，仔呀，你知道飞机是怎么做的吗？然后伏在三菊肚皮上听，点点头，说，仔呀，你真聪明！三菊问，他怎么说？冯如说，他说是爹做的。三菊又轻轻打他一巴掌。冯如又问，仔呀，你知道渔网是怎么做的吗？然后直点头，说，对呀对呀，我们的仔可真是聪明，看把你娘笑得合不拢嘴！三菊问，他又怎么说？冯如说，他说是用绳子把许多小孔拴在一起做成的。三菊果然扑哧笑了，笑得满脸泪花。

冯如带着三菊去赶圩，去县城，也不买东西，就是一起在人多的地方走走，在人世间的热闹里走走。

沿着锦江，他们走过一家家店铺，布店、米行、当铺、药房、

207

饼摊、鱼档、客栈、竹木器作坊，走到一家照相馆前，三菊停住脚步。三菊说，我们照个相吧。这是一家叫"艳芳"的照相馆，是新开的，老板是从南洋归国的华侨。三菊从没照过相，但她的肚兜里有一张冯如在美国照的相片。那是一张英俊的标准照，是冯如为了办回国签证，在旧金山唐人街的绣颜斋照相馆照的。

他们进了照相馆，门口呼啦啦被尾随的人堵个严实。老板便知道顾客是冯如夫妇。照了相，冯如要付钱，老板说什么也不肯，说，你冯先生能光顾，是我三生有幸，怎么还收你的钱？

回到家，三菊说，我们同爹娘一起照个全家相吧。

第二天，他们用独轮车推着爹，和爹娘一道去恩城，照了个全家福。

日子过得飞快，日子又像从岩石缝里挤过去，过得缓慢。冯如珍惜与家人团聚的时光，又无时无刻不想着返回广州。他远离事业，又远离亲人。他经受着快与慢的煎熬。

广州一直没有消息。他等不及了，决定返回广州。

4

一回到广州，冯如就找到陆军司司长邓仲元，急切要求批准飞行表演。邓仲元说，好，我尽快促成这事。又火烧火燎地说，眼下局势混乱，军务繁重，这两天就有几件麻烦事缠在一块儿，一是棺材行罢市，抗议军政府要求填报死者姓名、住址、死因方可购买棺木的规定；二是到番禺拆毁标榜清朝官衔功名牌匾、旗杆的官兵遭到了乡民的围攻；三是几拨土匪在高增圩摆了数十席酒，竟敢在军政府眼皮底下持枪轰放示威。

邓仲元说，眼下事端频发，军警东跑西颠实在是顾不过来，你做好准备，条件一旦允许我就安排飞演。

局势动荡，干什么事都难。冯如只得耐下性子等待。

他把飞机的每个零件、部件都重新计算检测了一遍。

他又把飞机的每个零件、部件仔细计算检测了一遍。

每日照样有许多人跑来观看，好奇地提问，照样由朱竹泉、司徒璧如和朱兆槐解答。那位在咨议局门前碰到的肿眼泡胖子也来了，冯如喜欢这个人，就停下手里的活计跟他聊，讲飞机的常识。胖子啧啧不休地称奇，临了伸出大拇指说，冯先生真有盘古开天辟地之功！冯如说，这个盘古不是哪一个人，是许许多多的人，造出飞机是许许多多人努力的结果，西洋人在我之前就造出飞机了，我国古人很早就发明了风筝，也可说是对飞机的想象和追求。胖子说，杜诗韩文，颜书左史，皆集大成者，冯先生乃天下奇才！冯如说，先生过誉了，我就是不停地工作，有时遇到难题，琢磨着睡着了，一个瞌睡醒来，便想通了。胖子佩服得五体投地，拱手躬身道，冯先生谦逊，冯先生太谦逊了。

把胖子送走，已是中午，兵头招呼开饭了。节气虽已进入残暑，却似更加燠热，坐着不动都浑身冒汗，加上心里焦躁，冯如毫无胃口，只喝了碗冬瓜汤，便又坐到案台前。

就听门外一声喊，冯队长夫人驾到！

冯如一惊，就见一兵士引着三菊进了工房。

冯如迎过去，见三菊脸上汗涔涔的，赶紧抽下肩头的毛巾替她擦汗，又忙手忙脚替她打蒲扇。说，大热天的，你怎么来啦？三菊笑而不语，与冯如对视片刻，低下头。兵士和朱竹泉几个要开溜。三菊转身向他们招招手，揭开兵士搁在台上的竹篮盖布，取出几块恩平烧饼递过去。朱竹泉一步跳过来，接过一只，咬一大口，闭起眼睛美美地品嚼着。司徒璧如、朱兆槐和几个兵士一人接过一只吃了起来。

三菊递给冯如一只，长睫毛一闪，用眼睛指指自己的肚子，低声说，给你报喜信来啦。

真的？冯如的内心一沉一浮，头脑有片刻的空白和迷失，继而涌起一种久盼的巨大喜悦和踏实感。他抢过烧饼，咔哧就是一口。还是芝麻黄糖的呢，真香！不知是烧饼香，还是得到好消息高兴，还是三菊在身边心里就静，就有胃口，冯如有滋有味地一气吃了三只。

工房里只剩冯如和三菊了。冯如说，什么时候知道的？三菊说知道快两个月了。说，你走后娘就隔天带我去牛江镇庙里拜观音，不到一个月我有了反应，娘又带我去看郎中，郎中也说有喜了。冯如瞟一眼门口，弯腰要听三菊的肚皮。三菊不紧不慢挪后一步，说，叫人看见，急什么呀。冯如说，急着跟仔说话。说着又往三菊怀里钻。

朱竹泉这时一头撞进门，见状一愣神，转而嬉笑着说，冯队长，温长官来了！

温德尧也已进了工房，连声说，不容易不容易，飞行表演的事终于获准了。说着从薯莨布的短衫兜里掏出一纸公文，递给冯如。

210

《飞机队呈请飞行表演事》已悉。举行此表演是为开启民智，推动航空军事，应予照准，兹定于公历 8 月 25 日于燕塘机场举行。此批。

中华民国广东军政府军事部陆军司（印）

因为期待得太久，冯如的手发抖。因为等待得太久，冯如并不太兴奋。

冯如对温德尧说，大热的天，还劳你亲自来。

见温德尧正与三菊打招呼寒暄，便从竹篮里拿出两只恩平烧饼让他品尝。温德尧接过就大嚼，呜里呜噜地说，来得巧哇，我从小就爱吃这个！

又说，还有五天，你们赶紧准备吧。

早已万事俱备，冯如还是说，好，我们尽快把飞机和场地准备好。

十三、英雄挽歌（1912）

组织北伐飞机侦察队，嗣以南北统一，未获得竟其志。然君又以通民智自任也，因呈请陆军司定期八月念五号十一句钟在燕塘试演。先由燕塘圩起飞，凌空而上，高约一百二十尺，东南行约五里，飞机灵活，旋转自如，观者塞途，鼓掌之声不绝。君欲急于进行，冀达空际，不意用力过猛，两足浮动，身与机即坠下，头胸及股各部均受重伤，红十字会驰救，而药料不足，是日适星期，陆军医生外出，又赶治不及，遂不可救矣。呜呼！痛哉！将殁，犹嘱其徒曰：吾死之后，尔等勿因是而失其进取之心，须知此为必有之阶级云云。若君者，洵可谓热心救国者矣。君年仅三十，上有父母，下无子女。吾不禁为冯君哭，更为中国前途悲也。幸其徒朱竹泉等可以继君之志。果尔，则君死不朽矣。

——《东方杂志》第九卷第五号，

1912 年 11 月 1 日出版

1

上午 9 时许，通往燕塘的条条道路骤然热闹起来。从咨议局到燕塘的官道更是壮观，马车、人力车、汽车、轿子与在尘土里倒腾着两条腿的人众汇成的洪流，扬着浪花和喧嚣滔滔滚滚。

这一天是 1912 年 8 月 25 日，冯如将在燕塘机场"放飞机"。人们的热情与一年多前看比利时人云甸邦放飞机大不相同，这回是看中国人放自己造的飞机。

到了机场，各色人等即被军警分开，达官贵人、名媛佳丽被请到临时搭建的贵宾席。贵宾都是礼装而来，男人穿西服、长衫和中山装的都有，却大多头戴一顶圆顶阔檐的白色丝葛礼帽；女子着旗袍或短衣长裙，打着洋伞，手拈香扇羽扇。远远看去，贵宾席色彩缤纷，如同一座盛开的花园。

飞行表演定在 11 时开始，10 时过后，蒋尊簋、邓仲元等军政大员也陆续到场。胡汉民都督外出未归，否则也是要来看的。

三菊昨日兴奋一晚上，还问冯如自己穿什么衣服，才能让飞到云里头的夫君好从人群中找到她，可今天早上突然又说不来机场了，说在工场门前也能看得见。冯如见她眼圈发暗，就知道她没睡好，没准做了什么梦。

冯如和几个助手早早地就把飞机推到了起飞线上。这会儿，他正被各界人士和记者围在飞机旁，介绍飞机如何制造，如何驾驶，如何利用等航空知识。他身穿黑色西服，头戴飞行帽和防风眼镜，脚蹬长筒皮靴，精干而帅气地侃侃而谈，听众不时报以赞赏的掌声，相机也扑扑地照个不停。

讲到飞机用于军事，冯如说，飞机可用于侦察，用于轰炸，过去列强侵略中国都是从海上来的，我一直想，如果我们用千百架飞机守住各港口，就可把敌人堵在国门之外。

一位记者问，用飞机守国门，世界尚无先例，您怎么能肯定飞机有那么大的神通呢？

冯如笑着说，飞机有这样的技术优势，它飞上天，就像站起来一个巨人，敌人就成了小人国，巨人同小人国打架，你说哪个赢哪个输？所以我还是那句话，加强武备，必须首推飞机。

众人都鼓掌叫好。

又有人问，军政府有这个打算吗？

冯如似乎很乐观，说，孙中山先生早就有这个想法，早几年在美国时我就听他讲，飞机在战争中必有大用，他因此叫檀香山华人造飞机，组建飞机团。据我所知，光复以来，武昌、上海两府都成立了航空队，加上华侨革命飞机团和我们这支飞机队，这样干下去，中国国防必将强固，中国必将甩脱屈辱的阴影，自立于强国之林！

又一阵鼓掌与欢呼。

这时一手执小旗的校官奔跑过来，说快到"11点钟"了，要人们赶紧到场边去。意犹未尽的众人方不情愿地离开。

冯如登上飞机，系好安全带，抬眼扫视人山人海的观众，又仰头望望爽朗明亮的天空。

他对助手们说，好，我们开始吧。

朱竹泉喊了声，走！便同司徒璧如和朱兆槐推着飞机猛往前跑。

发动机启动了。飞机越跑越快。飞机脱离了地面，斜斜地凌空而上。

全场欢呼，掌声雷动。

飞机爬高至五十米时改为平飞。不一会儿，从东面绕了回来，以优美的飞姿向观众致意。

万众的脸像向日葵跟着太阳旋转，使劲鼓掌的双手随着视角的变化抬高，当飞机经过头顶时，手和脸构成了葵花怒放的瞬间。人们激动地欢呼、喝彩、惊叫，热烈的气氛是比利时人云甸邦飞行表演时不能比的，那次是对人类神奇科技的惊讶、新奇和钦羡，还有观看杂技绝活、看吞刀子喷火大变活人那样的刺激，而这回是自豪、骄傲、悲情的宣泄和狂欢，是为祖国喝彩、加油、憧憬，是同这一切滚沸在一起的感动。

2

冯如也一样，与在美国的任何一次飞行都不同，他的心被一颗巨大的心脏牵动着，他如在梦中，幸福的梦，苦难的梦，天上地下，今昔何年，他经历着沸腾和燃烧、火焰和大雨，他需要控制自己。

他蹬舵，拉杆，稳稳地调整飞姿和航线。他绕场一周，然后往东南方向飞。

他绕着瘦狗岭往回飞。飞机灵活自如，风度翩翩，观者掌声和喝彩声不断。

风强有力地鼓动着机翼，更鼓动着骑士般的豪情。冯如的身心被祖国蔚蓝明亮的天空充满，被激情和亢奋充满，被长久积压的冲动充满。他要飞得更快，更高，更完美。

环绕瘦狗岭飞了一圈，飞了大约八公里时，他拉动操纵杆，拉起机头，他想继续爬升。

冯如行事一向谨慎，飞行时更是这样，在奥克兰艾劳赫斯特广场成功试飞的第二天，《旧金山纪事报》曾报道说，"冯珠九说，在确实掌握空中飞行技术特别是转弯技术之前，他暂不尝试做长距离或更高的飞行。他从经验中得知，导致飞行损毁的原因是急于打破纪录。他也希望从其他人的失败中吸取教训"。在匹满高地初次飞上天后，《旧金山呼声报》也曾报道说，"在未经试验证实性能可靠之前，冯珠九不愿意冒险做更高的飞行，以策安全"。

而此时他胸中翻腾着豪情和喜悦，他渴望飞得更高，他控制不住自己，他的动作太猛、太急了。

就在这一刻，就是在这一刻，悲剧发生了。

飞机猝然翘立，头高尾低失去速度，愣怔片刻，便像一片树叶飘摇颠扑着往下掉。

啊！拥在机场边的观众看到飞机往下掉，发出一阵惊呼。

飞机离地几米时，冯如两脚悬空，身体失去支撑，扯脱安全带摔出飞机。轰的一声，飞机追着冯如扣下，摔成碎片。

正站在机场东端的朱竹泉、司徒璧如和朱兆槐拔腿就跑。在场军医和红十字会救护人员也往出事地点跑。许多人也跟着跑。蒋尊簋举着望远镜瞭望，对邓仲元说，出事了！冯如从那么高处摔下来，恐怕凶多吉少，只要一息尚存，就要全力抢救。叮嘱一应情况要及时上报。

这一刻，梁三菊猛地捂住双眼蹲到地上，倏然又猛地站起，疯了似的往出事的方向跑。

飞机坠毁在燕塘陆军炮兵营房背后的竹林里，在营地观看飞行的官兵最先在竹林里找到冯如。见冯如人事不省，浑身血糊糊的，伤口仍流血不止，他们赶紧轻手轻脚将冯如抬出竹林，让他平躺在地上。他们焦急万分却又无计可施，只好眼巴巴地等着医护人员。

医生赶到后，匆匆做了检查，内伤和骨伤不说，冯如的头部、胸部、大腿和手脚多处被铁丝和竹枝刺穿扎伤。

见冯如还有生命体征，值班医生即用三七粉和绷带做了止血处理，随之把他扛在肩上，直奔北校场陆军医院。朱竹泉、司徒璧如和朱兆槐跟往医院。

可不凑巧的是，这天是大礼拜，医院的医生都外出了！

朱竹泉从走廊到诊室跑着叫喊，医生去了哪里？他会去哪里？赶紧把他叫回来啊！朱竹泉的眼里喷着泪，不是流，是喷。他急疯了，又一把拽过机场随值医生大叫，这里有药，有器械，你倒是赶紧救治呀！医生吓得直哆嗦，说，我救，我救。但手足无措无从下手。朱竹泉勒住他的领口，把他抵到墙上，血红着眼喊，你他妈是吃干饭的呀！你赶紧救呀，动手呀，动手呀！伏在冯如身边的司徒璧如和朱兆槐抬起头，带着哭腔连声说，医生你快想想办法吧，求求你赶紧想想办法啊！医生挓挲着手，扑通跪倒在地。朱竹泉扯住自己的头发一头撞到墙上，呜呜地哭。

陆军司司长邓仲元赶到了医院。刚进诊室，朱竹泉一把拽住他，嚷着赶紧救人，说要是早让试演，就不会像今天这样。

邓仲元顾不上他，问医生去哪儿了，护士说去城里了，他即指派人分头去找，自己也驱车沿回城的路去找。

邓仲元刚走，三菊气喘吁吁一头撞进诊室。

此时的冯如躺在病床上，双目紧闭，浑身是血，那枚黑亮的护身符滑落在干净的白床单上。三菊一声大哭没出口，便腿一软昏死过去。

3

冯如的脸像一张白纸。他在一片低抑的饮泣声中静静地躺着。

他在飞。

他飞呀飞呀。一张张面孔和他们的声音迎来又逝去。

蒋尊簋接过委任状：现任命你为广东革命军飞机长！美国高个子记者真诚地说：在航空领域，你们中国人把白人抛到了后面！餐馆里的白人食客不屑地说：中国人用马桶泼粪阻挡英军，就凭你们能造出飞机？张元济恳切地说：先生既已大功告成，何不从速回国，以图救国大业？美国老板：到我这儿来吧，年薪是你的同胞无法想象的。张鸣岐两眼放光：飞机犹如神功，无以匹敌。清兵小头目摆着手：不能飞不能飞！孙中山朗声说：我们中国大有人才呀！大鼻子法官厌烦地敲下法槌：NO！NO！朱竹泉得意地说：今天是奥克兰飞得最高的一天，全世界都抬着头看。红脸虎和络腮胡蛮横的面孔交替着：支那猪，小野种！黄杞郁郁：你国家穷，国家弱，你还有什么尊严可言？朱竹泉把胸脯拍得嘭嘭响：师父说得好，苟无成，毋宁死！冯树义敲打着戒尺：中国要亡了！老华侨梅伯显递过一个红纸包：这钱拿去造飞机吧，这也算是帮着客死他乡的同胞魂归故里吧。凯瑟琳的头摇得像拨浪鼓：我哥哥他们很忙。尼里递过一本杂志：我的中国朋友，你一定能造出飞机。三菊忧心：你不是鸟，在天上飞多危险啊！朱兆槐举起牛皮袋：拿去造飞机吧，这里面是三个同胞的命！

他飞呀飞呀。在广州的天地间飞，在杏圃村和恩平的天地间飞，在奥克兰、旧金山，在纽约的天地间飞，在天空和波涛汹涌的大海间飞。在玫瑰和木棉花，在阳光折射的飞机构图和数据间飞。

他飞呀飞呀。他看到自己和黄杞、朱竹泉、张南在云朵和古木森森、怪石嶙嶙的深山幽谷里飞。他们忽而变成了孙悟空、猪八戒、沙和尚和唐僧。仔细一看，原是同朱竹泉、司徒璧如、朱兆槐在一起。再一细看，他们却是三菊和爹娘。

阿如，阿如！他看到三菊在呼唤自己。她头发凌乱，涕泪满面。

冯如哼了一声，睁开眼睛。

他看到三菊、朱竹泉，还有司徒璧如和朱兆槐痛苦焦急的脸。他们在跟自己说话。他们的声音非常非常遥远。

他想动一动，但动不了，浑身毫无知觉。他想起飞机坠毁时的那一刻了。他吃力地说，记住教训，拉高时用力过猛，飞机失速，失去动力。他看到朱竹泉几个用力点头。

冯如闭上眼睛。他很累很累。过去曾几次坠机，都只有几米高，这回是从几十米高处摔到地上，他知道这是自己最后的时刻了。

他又拼尽全力睁开眼睛，说，我死后，你们不要失去进取心，要知道，这是必须付出的代价。

朱竹泉、司徒璧如和朱兆槐木木地点头，又拼命地摇头。

停了停，冯如又说，我死后，就把我埋到黄花岗，我要同他们在一起。

说完，他的眼眸转向三菊。

他想笑一笑。他看到三菊的脸变模糊了，他看到蓝天上那朵流动的边缘上闪烁着毛刺刺金焰的红云了，他看到透亮透亮的红云了。他张开双臂，被一阵风轻轻地扬起，向红云飘去。他飘进红云了，离开自己了，像一束光在红云里消失了。

一切是多么宁静、安详和阔大呀！

陆军医院的医生弯腰捏住冯如的腕脉，又用听诊器听了听。他是在下午五时许才返回的。返回后，他给冯如打了一针，又急忙调制了药物。

医生直起腰，摘下听诊器，垂下头退到一边。

诊室里顿时爆发大悲大恸的哭声。

4

冯如殉国的噩耗迅速传开了。

各地报纸都刊登了消息，纷纷发表介绍和悼念冯如的文章诗词。

在上海，时任《东方杂志》主编的张元济痛心疾首，疾笔写了一篇历数冯如奋斗历程的长文，激赞冯如颖悟睿智的天分、坚韧不拔的精神和光照日月的成就。文章结尾写道：

昔魏·徐干《中论·艺纪》云："民生而心知物，知物而欲作。嗟乎！人生百年，如梦如幻。奋身立志，以为有用之学，万世之下，名留史册，虽死犹未死也。"后有起者，本其心知之明，而穷其欲作之事，精进不已，以之倡大斯业，振国家于危坠，而虎视鹰瞵之列强，虽有其坚船利炮而不敢以逞。此世界竞争之际，艺事不当摹重哉！

噩耗传到旧金山，准备启程回国参与民国议事的唐琼昌闻讯，当即写了《中国飞行家在东方遇难》的专稿，登在第二天即 1912 年 8 月 27 日的《旧金山考察家报》上。

唐人街昨天接获电报：在旧金山开始他的飞行事业的中国青年飞行家冯如，昨天在广州的表演中失事遇难。

成千上万的观众目击他和飞机一起坠毁。他的死讯在唐人街迅速传播开来，成为人们谈论和关注的重大事件。

冯如于 1908 年在美国奥克兰唐人街的一间浅窄的工场中，开始他的制造飞机事业。他在那里制造了大量飞机模型，然后隐居在匹满高地，在那里开始以一架自制的飞机进行试飞。

这架飞机是这位中国青年飞行家参考寇蒂斯型和花曼型双翼飞机，加上他自己的不少发明创造而设计制造的。

冯如在飞行事业上的成就被广为传论，并引起了中国清政府的注意，随后被任命为中国军队的飞机队教官。

冯如，作为东方第一个能够驾驶比空气重的航空器飞上天空的飞行家，回到了中国这个以放风筝为传统体育活动的国度。在几个月里，他成为轰动一时的人物。

冯如是风格英勇无畏的飞行家之一。他的飞行总是极其壮观的。在一系列的飞行表演中，他着手训练新组建的中国航空队。在他的指导下，航空队队员成为中国武装力量中的有坚强战斗力的军队。

9月4日和9月8日，广州两次召开追悼大会。前次的灵堂设在冯如坠机牺牲处，悼者以陆军官兵为主，蒋尊簋、邓仲元、温德尧等要员悉数到场。后者设在广州南武中学举行，为广东教育界发起。

在南武中学，冯如的照片悬挂在灵堂正中。在它旁侧，伴以陈天华和冯夏威的遗像，他们一个是为抗议日本颁布《清国留学生取缔规则》蹈海自绝，一个是为美国拒绝废除期满的《限禁来美华工条约》服毒自杀，他们都是为华人和祖国的尊严激情赴死的，该校也曾为这两位殉国者开过追悼会，以他们相衬，凸显了冯如孤战航空领域至死的爱国精神和悲壮命运。

冯如的灵位周围鲜花环拥，香烛缭绕。各界挽联悬满四壁，"新器发明，方御器乘风，造化胡夺之速；遗规存在，促前仆后继，精神历劫不磨"，"殉社会者不甚易，殉工艺者则尤难，一霎坠飞机，青冢那堪埋伟士；论事之成固可嘉，论事之败亦可喜，千秋留实学，黄花又见泣秋风"。杜鹃泣血，情真意切。

灵堂内还悬挂着大幅飞机图画。

三菊披麻戴孝，立于灵前一侧。朱竹泉、司徒璧如、朱兆槐也是披麻戴孝，站在三菊的身后。

灵堂外站着十余所学校的师生和四十多所学校的代表及各界人士，有数千之众。

追悼会由南武中学校长何剑吾主持。追悼会开始后，身穿深色素服的各校师生及各界来宾缓缓入场，男宾左腕戴黑纱，女宾胸前佩黑纱结，人们列好队，向冯如遗像行三鞠躬礼，接着吟唱悼歌。

声情哀痛的悼歌一起，凭吊者无不动容。三菊再也隐忍不住，又悲痛出声。

继而，由张筱文宣读祭文。

飞行大家冯如君试机身死后之十三日，本校同仁发起追悼，谨为文以祭之。

呜呼！君其殆死耶。君殆牺牲性命以唤起吾人以冒险之志耶。呜呼！至足悲矣。君年十二，辄赴美习飞机业，钻研十余年，始收效，始归国，始致用。呜呼！君其可以死耶。君抛弃邦族，远适异国，在堂二老，念子弥殷，家书促归，公姬娱悦，为家为国，以恩以义。呜呼！君又曷可死耶。虏朝腥德，窃据神器，冠裳污浊，子弟虔刘，豪杰吞声，志士饮恨，君回粤演机，伪将军孚琦往观，为温烈士轰毙，满酋胆碎，我伐用张，义旗高举，夏土恢复。革命之成，烈士首其功，君则其导线也。君又奚可以死。民国初成，列强环伺，横征力战，其争在海，修我战备，首乃飞机。君尝慨然曰：中国积弱，外人侵凌，如得千百飞机堵御港口，微特足以固吾围，且足以慑强邻。然则飞机之成，其有以固民国之围耶！碧目虬髯，将有以夺其势耶！君又安可以死。呜呼！孰知君竟弃其亲并忍弃国民也。呜呼！可以哀矣。抑吾于君之死，又重有伤也。天祚黄汉，共和奠基，破坏方终，国本未固，宗社群妖，煽乱于内，伦敦会盟，警告于外，蒙烟四起，藏云飙急，放舟洪涛，同力相济，无如猜心藏忌，门户竞争，贪功怙权，弓鸟罚害。呜呼！阋墙启衅，大盗纷乘，君之死其瞑目耶！后死者其将何以生耶！吾言之，不知涕泪之何从也。呜呼！哀哉！尚飨。

中华民国元年九月初八日

南武公学同仁谨上

读完祭文，何剑吾及广东教育界知名人士相继发表演讲，他们怀念烈士、阐发理想、忧国忧民、慷慨激昂的演讲博得了阵阵掌声。何剑吾并宣布，为鼓励青年学子献身祖国航空事业，特增设"冯如奖学额"一名。

5

开过追悼会后几天，梁三菊要回恩平了。

她哭在脸上哭在心里哭干了泪水。现在她不哭了，她又恢复了往日的平静。

朱竹泉、司徒璧如、朱兆槐一块儿送她去恩平。冯如殉难第二天，朱竹泉就向陆军司送交了条陈，表示他们要继承师父遗志，致力于制造演放飞机，把师父开创的事业发扬光大。

邓仲元和温德尧一早便来到梁三菊住处。陆军司已按胡汉民都督之意，下令表彰冯如首创中国航空伟业的功绩，命令称，"天下事难于创始，不难于踵武，乐于奖劝，必乐于争趋。冯如以聪慧之资，习飞行之术，殚精竭智，极深研几，不期初次试验，遽遭伤死，当从优抚恤，以慰前烈，俾旌来者"。同时呈文临时大总统袁世凯，要求按陆军少将阵亡待遇，拨款一千元优恤家属，并将其事迹宣付国史馆。

邓仲元显然已知梁三菊怀有身孕，他握住梁三菊的手说，你要多保重身子，我们为冯如后继有人祈福。

梁三菊安静地点点头，安静得就像一泓澄澈的净水。

邓仲元挥挥手，命卫兵抬过装满银圆的木箱。广州军政府决定，在大总统批复前，由军政府先行垫支。

温德尧看看梁三菊，又看看朱竹泉、司徒璧如和朱兆槐，说，这些天，旅美华侨伍平一、赵仲江、赵鼎荣、谭根，还有陈桂攀、谭明、林福元，他们都发来电报，表示要尽早回国，步冯如未竟事业，为救国御侮携机从军，开办造飞机的工厂，振兴祖国航空事业。

说着，晃了晃手中的一叠电文。

斜射进门窗的阳光抖动了一下，仿佛孔雀开屏般忽地绚亮了许多。

225

创作访谈录：岁月深处的文化根脉

　　建设大文化本身就是一种永恒的动力。文化与历史密不可分，一支军种的文化建设，可以从其历史中找到答案。空军文化，一方面来自开天人和历代广大官兵的创造，同时，也来自对历史的发掘和整理。历史是文化的富矿，也是文化建设的根基，在岁月深处寻觅，我们可以找到属于自己的文化根脉和文化自信。

　　"天空没有翅膀的痕迹，而鸟儿已飞过。"在对历史天空的回望中，我们又多了一份从容。近期，一本关于冯如的长篇纪实文学《孤独的天空》出版，为中国空军文化家园又添奇葩。在岁月深处，延伸着空军的精神根脉。对历史发掘和整理的过程，由此，也成为我们精神世界不断丰富的过程。在该书著作者、空军政治部文艺创作室作家郭晓晔看来，他在寻觅冯如人生轨迹的过程中，也寻觅到那份来自历史的文化根脉和文化自信。近期，就这一话题，本刊记者采访了郭晓晔。

　　《中国空军》：郭老师，首先祝贺你的新作《孤独的天空》出版。仅距莱特兄弟造出飞机五年，中国人冯如就驾着自己设计制造的飞机实现了首飞。今年，是冯如殉国一百周年，您的著作还原了冯如的细节，再现了那段历史。我们还是从标题开始谈吧，为什么叫《孤独的天空》？

郭晓晔：从科技发展史讲，冯如是开创世界航空事业的少数参与者之一，也是佼佼者之一。他更是东方的航空先驱，是中国的航空之父。开创者总是孤独的。干一个事情，越是超前，越是孤独的，因为他不是在一个氛围里工作，而是孤身走到了人群的前面。

在开创中国航空事业的时候，冯如基本上是在单打独斗。到美国求发展，他是孤身一人。飞上天，他是孤身一人。美国的社会资源不支持他，莱特兄弟等人的技术对他也是封锁的。美国人研制飞机，在地面可以做风洞试验，冯如没有。冯如完全是靠试错法，用自己的生命做抵押，每一次都是自己亲自飞，飞完以后总结，高处不胜寒。国内清政府对他也不支持，包括经费，他是在艰难谋生的情况下孤身一人奋斗。

为什么叫《孤独的天空》呢？因为他开创了天空的事业。他非常敏锐地捕捉到了飞机未来发展的价值，认为造军舰不如造飞机，如果有飞机把守港口，中国的安全就会无忧。他是工程师，是试飞员，同时，他的想法中也有空军思想发端和萌芽的成分。这个书名还隐含着历史悲情，因为冯如发奋的动力，来自晚清中国备受列强欺凌宰割和海外华侨尊严尽失激发的航空救国梦。而且作为个人，他研制飞机的过程是悲剧性的，结局也是悲剧性的。悲剧性是这本书的基本格调。

《中国空军》：在完成该著作之后，您对冯如有了哪些新的认识？

有哪些细节，是让您特别感动、印象深刻的？

郭晓晔：冯如开中国航空业的先河，被尊称为中国航空之父。我难忘的，就是他的一次次失败，在条件极简陋、经费又非常匮乏的情况下，他不甘心失败，还在一次次进行试验。试验飞行风险巨大，外国的飞行家也有摔死的。他就凭一己之力矢志不移地拼争向前。我老是感到他像一个被抛进历史的孤独挣扎的弱小孩子，心中涌起一阵阵怜悯之情。

还让我感动的，就是他目标很明确，就是为了国家存亡造飞机。他造出飞机，是一定要回国的。他离开美国前，有大公司以高薪挽留，美国的航空学校要聘他去做教员，都被他拒绝了。中国当时面临着亡国的危险，这激发了他的报国情怀。造飞机他讲是为"壮国体，挽利权"。为造飞机他说"苟无成，毋宁死"。这都是他本人的话，不是我虚构的。他以一个草根孤单瘦弱的肩膀扛起一个国家阴霾重重的天空，他的这种爱国情怀，忧国忧民的情怀，是非常让人感动的，这是能给我们提供精神养分的东西。

《中国空军》：我们知道，冯如很早就牺牲了，加上年代久远，关于他的记载并不是很多。所以，在人们印象中，冯如的名字仅是写入了历史教材。总体而言，与他的功绩相比，人们对他的东西还是知之甚少。

郭晓晔：除了前面提到的他的爱国情怀、奋斗精神外，他有很高的悟性，对把握制作工艺、机械中间的关系等有很高的天赋。他也做了大量的技术准备，最早学机器，想机器救国。后来到一个船厂做工，想能不能造出军舰守卫国门。当出现飞机后，他马上就专攻飞机。

的确，很多人对冯如知之甚少，甚至根本不知道有冯如这个人，这对冯如不公平，这更是我们空军乃至民族的精神缺失。他的光芒不但在他的开天伟绩，更在他的奋斗历程。他就在星空闪耀，我们为什么看不见？

《中国空军》：熟悉了之后，冯如的形象是很饱满的。有没有一些清晰的史料，记载他当时的试飞的细节？

郭晓晔：有。美国报纸上登了。当时，美国的《旧金山考察家报》《旧金山呼声报》等对他都有报道。比如他成功首飞的一次，是1909年9月21号吧，那天试飞成功。在这之前的17号就飞过一次，下来的时候直接掉到地上，降落技术不成熟，光考虑飞，下来把轮子摔坏了。回去后换轮子，人没事，因为飞得不是太高，从几米高摔下来。还有他严谨内敛的性格，他到工厂学徒、观察飞鸟、收集飞机资料和为研制飞机集资，还有帮警察局识破无线电诈骗团伙，等等，这些细节报纸都登了的。

当时的国内报刊也留下了一些资料。他殉国之后国内报刊还做了许多回顾。但对这些故事和细节也要甄别，比如当时有文章说1910年在旧金山举行了一个世界性航空比赛，说冯如拿了个第一名什么的，按有关史料根本就没有这场比赛，这应该是国人的一个愿望，后来就以讹传讹，把愿望当成事实传开了。当然误传也是珍贵史料，是事情真相的一部分。

《中国空军》：您是怎么还原冯如形象的？

郭晓晔：一是靠原始资料，像刚才讲的，了解冯如和他的事迹。再就是我到冯如家乡去，看了他的老宅，还在，保留下来了。还有他的孙子，自己出钱，把自家房子盖成三层楼，搞成一个冯如博物馆。还有广州博物馆的陈列。另外，我从他家乡找回来一些资料，比如《恩平志》，记录了当时的风土人情和地理地貌、社会发展情况和方方面面的生活方式。还有美国旧金山当时的文明程度、外来民和当地人的融合程度、当时国内和国际的政治经济和文化差异、国际关系局势、技术发展的差异，这些东西都要了解。一个人的命运是他个人努力与环境作用共同造成的，还原冯如首先要还原这些东西，然后把他放进去，综合考察他的人格形成和人生命运，考虑他与时代的关系，这样想象冯如是个什么样子就有了基本的依托和逻辑。

我不能说我的描述怎么准确，但大模子不会走样。比如采访他孙子，我就想冯如的墓志上刻着"上有父母，下无儿女"，就问他孙子与冯如是否是血亲，他孙子的客家话我听不懂，但他愤怒的表情我看得懂，后来我就写冯如死的时候他妻子怀有身孕，因为这个遗腹子可以生下来，也可以不生下来，我知道当时有出国华工如果遭遇不测妻子可以领养"螟蛉子"的习俗，要是不知道这个习俗，我就不敢这么写，这件事就纠缠不清。这就像描述一株庄稼，这株庄稼带着孕育它的土地的所有气息和品质，脱离土地讲庄稼，很可能会偏离甚至违背基本常识和法则。我不相信有 UFO，尽管世界上有大量研究机构和专门刊物，我也不信，最起码它没来过地球，否则它躲着我们地球人干什么？它是为什么来的？它比我们强大得多，就像发达社会面对新发现的土著部落，谁才会躲着对方呢？

《中国空军》：读过您以前写的《英雄万岁》，还有您的其他一些作品，好多都是取材于空军的历史，您能否谈一谈，您为什么对空军历史题材感兴趣，激励您创作的动力是什么？

郭晓晔：写《英雄万岁》是在 2006 年。我觉得一个人写作，对于对象的判断，来自理解。为什么要写这些？我觉得作为一个空军人，一方面是空军需要写这个东西，你不写谁写？另一方面，我觉得我需要写空军。这跟上个话题有关，写作其实就是在写自己，那么我在何处呢？所以空军作者是否写空军，这不是一个认识和选择的问题，而是从来就已确定了的命运，是我们职业生命的内在需要，我们面临的仅仅在于是被动无奈地同命运闹别扭，还是主动自觉地肩负起使命。

投入感情也非常重要。我的动力来自什么地方？我对什么有感情？那就是对我身边的东西，我身边的人和事。作为空军的一员，我对空军有感情。作为一个写作者，如果写一个八竿子打不着的东西，我会有动力吗？我最有自信的、最想写的、最能够发挥我的能力的，也是写了以后觉得最值的，就是写空军的东西。这种文化立场很重要，是准确理解和判断的前提。

至于为什么对历史题材更感兴趣，我以为距离更能产生美，历史的呈现更有审美价值，同时，历史的呈现更真实可靠。对写作对象的认同度很重要，否则会影响写作的信心和动力。

《**中国空军**》：郭老师，看您的作品，感觉您是在寻找岁月深处的一些东西。除了寻觅冯如的碎片，抗美援朝的英雄们，等等，您能否告诉我们，您还在找什么？

郭晓晔：在写老航校的时候，我在后记里面写了，本来是想用文学作品反映一下，填补用文学作品反映这段历史的空白，写到后来，我就觉得我是在寻找精神家园。如同每个人都有自己的童话时代，一个民族、一支军队也都有自己的神话时代，那个时代的浪漫

231

精神和旺健的生命力，蕴含着永恒的价值和动力，有取之不尽的资源。比如说写冯如，我有很强的感受，推动着冯如研制飞机进程的，同时也是推动着我写作进程的，就是他敢为天下先的进取品格，就是他忧国忧民的担当意识，就是他敢于冲破一切艰难险阻的无畏气魄。这些内在的东西，不因时空变化而变化。

构建空军的精神家园，是一个动态的过程，无论什么年代，都是进行时。刚才讲的老航校和冯如，都包含了开拓进取、不畏牺牲、爱国奉献这些精神价值。我没有总结过，就是一种感受。这些精神是现在需要的，与现代契合的，是一脉相承的。这些精神价值内涵，仍然是我们前进的动力，仍然是塑造我们精神的材料和资源。这不是一种外在的契合，而是内在的。

《中国空军》：写了这么多作品，您怎么看空军历史，您觉得它与现实有什么联系？

郭晓晔：一个是，任何的历史都是当代史，我们用现代的眼光去看，就会对当下起作用。另外一个，放大眼光看，历史文化本身就是我们生存的地基，是我们取得文化自信的资本。这两个东西不是一回事。就是当我知道自己的历史，我知道自己的出身，这个出身让我自豪，让我骄傲，我就有了文化自信，这本身就是一种动力。除了精神上跟现代对接的东西，还要看到文化地基的力量，它本身就是一种让我自豪的理由。我的文化身份，我的文化家园，我的文化历史本身就给了我文化自信的理由。谈到对现在的启发作用，这个问题可以思考，但不要把目光局限在这里。要把眼光放得再开阔些，看到建立一种大文化本身，就是发掘一种永恒的动力。挖掘当时的东西，比论证对当前在精神层面上有什么推动作用更重要。

《中国空军》：文化建设是一个热点，有专家说，关于文化有几百种定义，所以从概念上很难讨论清楚，您怎么看？

郭晓晔：我们的历史，我们的文化，构成我们独特的背景、渊源，滋养我们的品格和精神。一种文化的根基越深，内容越丰富，就越会给人一种文化自信。刚才说的冯如精神、老航校精神，还有抗美援朝精神、甘巴拉精神、上甘岭精神，像这些东西都挖掘出来，它们构成我们空军文化的内涵，这是一个完整的文化体系。

我们说我是空军的，空军身份是什么？空军身份不仅仅在于你是一个军种，还是在于你的文化身份。你说，我是空军的，人家说，哎呀，厉害！人家立即想到了孤胆凌云的冯如，想到了你在朝鲜空战中打下美国空军王牌戴维斯，你在台海上空的三比零空战，你打下的U-2放在军博展览，等等。为什么我们会感到自豪？就是因为你有这种文化记忆的支撑。但是，如果不充分挖掘，你有这个东西也等于没有，有这些东西，人家不知道，你也很难有文化自信。这又谈到了文艺工作者的使命责任。

《中国空军》：我理解您的话，文化应该是有渊源、有情感、有血有肉很丰满的东西。

郭晓晔：应该是这样。比如历史上的许多人物和事件，人们多是从文学作品里了解到的，而从史籍中了解的并不多。比如空降兵点名点到黄继光，官兵们在喊"到"的时候，他们身上的热血沸腾起来。比如说到光荣，为什么说是光荣感？因为光荣更直接的是一种感受和感情。在1998年抗洪救灾的时候，我们的空降兵，把旗子一打，那些战士嗷嗷叫。为什么？他们揣着从上甘岭和黄继光那里获得的自信。我有光荣的历史，我这支队伍就是厉害，我一来就顶用，自己就有一种荣誉感、自豪感。那年抗洪救灾我也去了，人家地方的记者怎么说？实际上空降兵这些小伙子个头并不大，但是记者们的第一感觉是他们比别人要大出一圈。这就是一种气场，人一出来，就是那种自信满满的状态。如果没有文化自信，就没有这种张力。

《中国空军》：在空军文化建设中，最近提出要大抓文化和抓大文化，您怎么理解？

郭晓晔：所谓大文化，我理解就是超越狭义文化概念的文化，是具有国际视野和历史境界的文化，是内容更宽泛、融合性更强的文化。一个军种、一个国家、一个民族，他的文化是经历者创造出来的，同时，也是与回忆者和整理者共同创造出来的。还不是说有了某种选择和经历，文化就形成了，还需回忆者和整理者去总结、梳理、提炼、升华，经过思想和情感的融合，才形成了一种文化。我们的任务，就是和过去与当代的经历者、创造者一道来完善和提升空军文化的建构，丰富和充实其内涵，不断地往里面"充值"。

《中国空军》：在做我们杂志的军史部分时，经常有这样的感受，发现一张老照片、一些书信，如获至宝。特别想知道其中的细节，虽然没有高度抽象，也没有高度概括，但它可以很真实地还原出一种场景。

郭晓晔：是这样，历史细节，一个感性的故事，一些场景，一些人物，所记录、反映、再现的东西，携带着的信息蕴含着丰富的记忆和想象。为什么大家对这些更感兴趣，更多地记住了这些？因为这些形象和细节它尊重每个人的理解能力，跟我们的生活息息相关，跟我们的文化需求息息相关。历史细节，岁月的留痕，让人带着情感去回忆和思考，给人一种审美感受，让人们潜移默化地在精神和情感上受到熏陶和滋养。所以在历史叙事中，细节越丰富、越生动，就越吸引人，就越有生命力、传播力、影响力。否则，调门再高，内容空洞，就会言之无味，行之不远。

《**中国空军**》：能不能这么理解？当我们有了足够的文化积淀，我们就有了雄厚的文化根基。它提供的是一个真实的高度，是一个不可降低的高度。

郭晓晔：文化是我们出发的起点和地基，文化同时又是我们追求的方向和未来。文化是精神之水、空气和土壤，又提供形而上的星空。文化本身的核心价值，归根到底还是一种精神。文化是软实力之本，也是综合实力之本。比如说我们建设现代化空军的某些目标目前没有实现，但如果有雄厚的文化资本，就早晚可以实现。如果没有文化做基础，发展就不可持续。反之，有了这样的基础，按照规律，总会走到理想的那一步。我现在落后，我将来会赶上去。如果没有这个大文化，没有文化自信，没有文化身份，没有文化基石，你即使成功那也是偶然的，文化实力不可靠，是最大的危机，早晚还会衰败。如果文化实力是强劲的，那我们的发展就是可持续的，未来的成功也是合逻辑、合规律的。

（原载《中国空军》2012 年第 3 期）

图书在版编目（CIP）数据

孤独的天空 / 郭晓晔著. — 北京：中国文史出版社，2019.2

（中国专业作家纪实文学典藏文库·郭晓晔卷）

ISBN 978 - 7 - 5205 - 0861 - 2

Ⅰ. ①孤… Ⅱ. ①郭… Ⅲ. ①纪实文学 - 中国 - 当代 Ⅳ. ①I25

中国版本图书馆 CIP 数据核字（2018）第 266602 号

责任编辑：马合省　薛未未

出版发行：**中国文史出版社**

社　　址：北京市海淀区西八里庄 69 号院　邮编：100142

电　　话：010 - 81136606　81136602　81136603（发行部）

传　　真：010 - 81136655

印　　装：廊坊市海涛印刷有限公司

经　　销：全国新华书店

开　　本：720 × 1020　1/16

印　　张：15.5　　　字数：184 千字

版　　次：2019 年 2 月第 1 版

印　　次：2019 年 2 月第 1 次印刷

定　　价：55.00 元